슈퍼커브

Super Cub
TONE KOKEN
illust: HIRO

지음/ 토네 코켄
일러스트/ 히로
옮김/ 이엽

친구들과 보내는 일상·
슈퍼커브와 커브로 이어진
—에니와 시이
eniwa shii—

코구마 koguma
레이코 reiko

수리가 끝나고
앞 바구니가 설치된 커브를 다시 봤을 때,
코구마는 그것이 애착임을 깨달았다.
이 바구니를 달고 싶으니까 다는 것이다.
도움이 될지 어떨지는 중요하지 않다.

슈퍼 커브 reserve

지음/토네 코켄 • 일러스트/히로 • 옮김/이엽

reserve

Super Cub

contents

컬러 일러스트·본문 일러스트 **히로**
컬러 일러스트·본문 디자인 **신도샤**

(프롤로그) 흔적/전반 대학교 1학년 4월

이 집은 해가 지나치게 잘 드는 것일지도 모른다.

도쿄 도하 지역인 마치다시에 있는 목조 단층집 안에서 코구마는 대학교에 다니기 위해 직접 세를 얻은 집 안을 둘러보았다.

고등학생으로 보내는 마지막 시간을 도쿄를 둘러보는 바이크 투어링이라는 기묘한 경험으로 마친 코구마는 아직 가구가 아무것도 놓이지 집의 벽과 다다미에 켜켜이 쌓인 세월에 의한 손상의 흔적을 만져보았다.

한숨이 나오지는 않았다. 퇴색된 표면을 쉽게 되살릴 수 있다는 것은 커브를 정비해온 경험으로 잘 알고 있다. 적어도 이 집은, 바이크로 말하자면 수리하는 데 손이 많이 가는 엔진이나 프레임에 해당하는 기둥이나 기초, 그리고 지붕 강도에 문제가 없다는 걸 부동산의 말뿐만 아니라 실제로 두 눈으로 직접 보고 확인했다.

주방과 화장실도 리모델링한 지 얼마 되지 않아 세월 때문에 낡은 부분은 없다. 일단 어떻게든 해야 하는 건 햇볕에 바랜 내부다.

방 둘에 거실과 주방으로 구성된 단층집의 다다미 방 두 곳 중 하나에 들어간 코구마는 바닥을 기어 다니며 다다미를 만져보았다. 표면은 새 다다미의 푸릇푸릇한 색이 사라지고 퇴색되었지만 닳거나 표면이 딱딱하게 굳지는 않았다. 다다미는 상태가 나쁘면

새 것으로 교체하거나 다다미를 걷어내고 마루라도 깔려고 했는데 잘 살펴보니 버리기에는 아까웠다. 일단 홈센터에서 파는 다다미 재생 스프레이라도 뿌려봐야겠다고 생각했다.

이어서 짙은 갈색으로 물든 목조 기둥과 마루. 이쪽은 수선할 필요가 없다. 오히려 신축이라 아직 색이 연한 목재보다도 중후한 질감을 뿜어냈다. 왁스 정도는 바르는 게 좋겠지만 그걸로 충분했다.

마지막은 벽이다. 이 집의 낡은 느낌을 가장 두드러져 보이게 하는, 옛날에 지어진 목조 주택에서 많이 보이는 모래벽이었다. 이것도 다다미와 기둥 중간 정도의 갈색으로 변색되었고 벽 쪽 마루에는 벗겨진 모래가 살짝살짝 떨어져 있었다.

이 벽은 조금 본격적으로 어떻게든 해야 한다. 그렇게 생각한 코구마는 시공 수순을 정하기 위해 실내 곳곳의 벽을 만져보았다. 예상되는 작업량이 많아서 낙담하기보다 어쩐지 마음이 설레는, 바이크 취미를 즐길 때 좋은 복원 소재를 얻었을 때 같은 기분을 느끼며 두 번째 방으로 들어갔다.

작은방은 먼저 살펴본 다다미 여섯 장 크기의 큰방과 똑같은 구조지만 넓이는 다다미 네 장 반 정도였다. 코구마는 방을 둘러보다가 창문을 통해 바깥을 보았다.

마루까지 크게 난 통창 너머에는 작은 툇마루가 있다. 그곳에 자신의 커브를 세워두었다.

커브가 보이는 방이라니 나쁘지 않다고 생각하며 한 번 더 방을 살펴보았다.

창이 큰 만큼 햇빛에 의한 손상은 조금 전의 큰방보다 심했지만 똑같은 방법으로 수복 가능할 것이다. 다다미를 되살리고 벽을 칠하고 기둥에는 아무것도 하지 않는다. 벽장이 있는 방이라 장지문도 다시 바르는 게 나을 것이다.

어쩐지 자신의 커브와 닮은 집이라고 생각했다. 중고로 산 지 약 2년이 지났다. 날마다 사용하다 보니 겉으로는 흠집이 생기고 더러운 부분이 보이지만, 그 안에 탑재되어 있는 기관은 지극히 양호하다. 차체 곳곳에 남은 흠집 또한 지금까지의 2년이라는 시간이 새겨진, 차체에 남겨진 기억이다.

창을 열고 툇마루로 나온 코구마는 커브의 흠집을 만져보았다. 코구마가 이 커브를 손에 넣었던 고등학교 2학년 6월부터의 추억이 되살아났다.

(1) 세컨드 머신　고등학교 2학년 9월

코구마는 슈퍼커브를 타면서 세상에 수없이 많은 바이크 애호가나 자동차 애호가라고 하는 사람들의 존재를 알게 되었다.

이동 기계에 돈과 애정을 쏟는 그들, 혹은 그녀들은 대부분 세컨드 카를 가지고 있는 모양이었다.

너무 좋아서 견딜 수 없는 마음으로 손에 넣은 자신의 애차가 그저 단순히 달리는 것을 즐기는 목적 이외에 일상적인 용도, 예를 들어 근처에 장을 보러 가거나 가족을 태우거나 혹은 친척들 눈치가 보이는 장례식이나 결혼식에 가야 할 때 반드시 타는 사람이 원하는 용도를 완벽하게 수행한다고 장담할 수는 없다.

취미성이 높은 차나 바이크 중에는 한여름의 정체에 금방 과열된다거나 언제 멈출지 모른다거나, 운전자 이외에는 짐을 전혀 싣지 못한다거나 하는 것도 존재한다.

일반인의 기준으로는 도저히 멀쩡한 물건이라고 할 수 없는 겉모양과 배기음을 가진 것도 많은데, 당연히 실용 바이크이면서 취미 바이크로도 익숙한 슈퍼커브 중에도 그런 개조차가 많다.

그런 사람들 대부분은 자신의 애차와는 별개로 일상의 다리로 사용할 세컨드 카를 가지고 있다. 라이트 노벨의 메인 여주인공을 보조해주고 때로는 메인보다 더 큰 존재감을 발휘하는 서브 주인공 같은 존재의 세컨드 카는 매력적인 자동차나 바이크를 계속 타려면 필수라고 한다.

코구마는 슈퍼커브에 그 정도로 과도한 집착을 보이지 않았다. 애당초 슈퍼커브는 취미로 달리는 것은 물론이고 일상적인 용도 전반을 수행하기 위해 샀다. 남들 눈에 띄는 곳에 타고 가면 물론 가난하다고 생각할지도 모르지만, 그건 사실이니 어쩔 수 없다.

하지만 슈퍼커브 한 대로 충분한 코구마의 생활에도 세컨드 카라고 부를 만한 것이 없지는 않다.

파나소닉 레귤러.

코구마가 슈퍼커브를 사기 전부터 탔고, 니라사키의 백화점에서 개최한 회사 부도로 인한 창고 정리 행사장에서 1만 엔 조금 넘게 주고 산 미사용 중고 자전거다.

짐칸과 프레임, 타이어가 두껍고 튼튼해서 이른바 실용 자전거라고 불리는 차종이다. 옛날에 쌀집이나 술도가에서 타는 것을 자주 봤던 구식 자전거는 코구마가 아는 한, 단 한 번도 고장 난 적이 없다.

커브를 타게 되면서 쓸 일이 사라진 자전거는 처분하려고 해도 돈이 들어서 그대로 연립주택 주차장에 세워두었다.

코구마가 사는 연립주택 주차장은 커브와 자전거를 놔두어도 아직 충분히 여유가 있기 때문에, 커브를 넣거나 뺄 때에도 걸리적거리지는 않았다. 그런 연유로 자전거는 존재 자체를 반쯤 잊고 있었다.

그런 자전거를 코구마가 다시 타게 된 계기는 커브의 예상치 못한 고장 때문이었다.

코구마가 한가한 오후에 동네 산길을 달릴 때 야마나시 현에서는 장소를 불문하고 이따금 마주치는 일본원숭이를 피하다가 도로 옆 나무에 커브를 처박고 말았는데, 골탕을 먹이려는 듯이 튀어 나온 단단한 나뭇가지에 헤드라이트 렌즈가 깨지고 말았다.

헤드라이트는 유리로 된 렌즈뿐 아니라 그 안에 있는 반사판까지 금이 갔다. 전구는 아직 살아 있지만 해가 지면 캄캄해지는 야마나시의 시골길을 이렇게 언제 꺼질지 모르는 상태로 달리면 위험하다. 게다가 정비 불량으로 잡아가 달라고 광고하며 달리는 셈이나 마찬가지다.

알아보니 렌즈와 반사판이 일체형인 헤드라이트 유닛은 신품을 주문해서 사려면 상당히 비쌌다. 그래서 코구마는 인터넷에 많이 나와 있는 중고 부품으로 고치려고 했다.

학교 PC로 알아보니 개인부터 판매점까지 커브의 헤드라이트 유닛은 많은 곳에서 팔고 있었다. 코구마는 그중에서 가격이 적당하고 상태가 좋아 보이는 물건을 클릭하고 배송이 오기를 기다렸다가 달면 끝이라고 생각했다.

실제로 주문하고 나서 알게 되었는데, 출하와 배송 사정으로 도착하기까지 1주일 정도 걸린다고 했다.

코구마는 저렴하게 수리하려고 했던 선택을 후회했다. 얼마간의 차액을 아끼지 말고 코후에 있는 혼다 부품판매점에서 신품을 사왔으면 그날 안에 바로 교환했을 것이다.

코구마에게 닥친 약 1주일 동안의 커브 봉인. 그런 와중에도 코구마의 시간은 계속 흘러갔고 내일도 학교에 가고 장을 보는 등 볼일을 보러 나가야 한다.

코구마는 하는 수 없이 자전거를 꺼냈다. 각 부분을 점검해 보니 한동안 방치해서 공기압이 낮아진 타이어 이외에는 양호한 상태였다. 그래도 커브의 상태가 좋을 때처럼 기쁘지는 않았다.

타이어 공기를 다시 넣고 먼지를 털어낸 자전거로 오랜만에 히노하루 시치리이와 언덕을 내려가 학교로 향했다. 언제나 커브를 세워두는 곳에 자전거를 대자 마침 동시에 학교에 도착한 레이코가 평소와 다른 코구마를 눈치 빠르게 알아보았다.

"커브는 어쩌고?"

코구마는 레이코가 얼마 전에 바꿔 상태가 아주 좋은 헌터 커브를 얄미워죽겠다는 눈으로 보며 대답했다.

"라이트가 깨졌어. 부품이 도착하려면 좀 걸려."

레이코는 코구마의 말에 대충 사정을 이해한 듯했다. 그리고 코구마의 자전거를 캔버스 운동화 끝으로 툭툭 쳤다.

"그래서 페달을 밟고 온 거야?"

코구마는 어깨를 으쓱하며 대답했다.

"어쩔 수 없잖아. 커브가 망가지면 이것밖에 없으니까."

코구마는 자신의 말을 듣고 레이코가 "그것 참 큰일이네" 하고 너무 가볍게 말해서 조금 화가 났다. 커브를 타지 못해서 신경이 곤두섰는지도 모른다. 분풀이라도 한번 해줘야겠다고 생각했다.

"세컨드 머신은 있어? 커브가 망가지면 뭘 타?"

레이코는 말이 끝나기도 전에 "없어!" 하고 대답했다.

"나는 헌터 커브가 망가지면 학교에 오거나 밥을 먹으러 가거나 여기저기 돌아다니기 전에 먼저 커브부터 고칠 거야. 그러니까 세컨드 머신은 필요 없어."

코구마는 고개를 가로저으며 말했다.

"학교는 빼먹으면 안 되니까."

바이크 때문에 인생을 망치는 사람은 많다. 언젠가 그중 한 명으로 희희낙락하며 걸어들어갈 레이코는 코구마가 쏟아내는 상식적인 잔소리를 비웃었다.

"그리고 커브를 수리하는 데 필요한 부품과 공구는 어떻게 사러 갈 거야?"

레이코의 표정이 달라졌다. 지금까지 그 점을 깨닫지 못했던 모양이다. 옷을 사러 갈 때 입을 옷이 없다는 말이 있는데, 커브를 수리하기 위해 필요한 물건을 사러 갈 커브가 없는 것은 문제다.

결국 레이코는 쭈그리고 앉아 머리를 감싸 쥐었다. 어떡하지, 어떡하지 하고 되풀이했다.

코구마는 수업 시작 시간도 머지않았고 일단 귀찮아져서 도와주기로 했다.

"자전거라도 사."

코구마가 타는 자전거를 본 레이코는 어째서인지 눈동자가 흔들렸다.

"자전거는 안 돼. 내 신조에 어긋나거든."

그때 코구마는 레이코의 고민과 세컨드 머신이 없는 이유를 깨달았다.

"자전거 못 타?"

처음에는 허세를 부리고 허풍을 떨려고 하는 것 같았던 레이코는 코구마가 똑바로 보자 힘없이 끄덕였다.

"자전거는 이상하단 말이야! 페달을 밟지 않으면 넘어지고 핸들 양쪽에 브레이크가 있고."

코구마는 레이코의 어깨를 잡고 자기 쪽으로 끌어당기면서 말했다.

"타는 법을 알려줄게."

레이코가 코구마를 올려다보았다. 구원을 바라는 눈이었다. 코구마는 안다.

사람을 전적으로 의지하는 이 눈은 이제 곧 귀신이라도 보는 눈으로 바뀔 것이다.

방과 후. 이륜차 주차장 옆에 있는 넓은 주차장에서 코구마는 레이코에게 자전거 교습을 해주기 시작했다.

코구마는 조심조심 자전거를 타려는 레이코의 뒤에서 짐칸을 붙잡았다.

코구마의 일은 레이코가 넘어지지 않도록 잡아주는 것만이 아니다. 정해진 연습 시간 안에서 쓰러지면 어떻게 할지, 넘어지는 방법을 알려주는 일이다.

즉, 조금 탈 줄 알게 되어서 우쭐해졌을 때 옆에서 걷어차는 게 코구마의 진짜 역할이다.

커브가 그렇듯 코구마의 세컨드 머신도, 아마 레이코도, 그리고 아마 두 사람의 관계도 그 정도로는 망가지지 않을 것이다.

만약 망가져도 그것이 사람이 만든 물건이라면 사람 손으로 고칠 수 있다는 사실은 커브를 타면 자연스레 알게 된다.

레이코는 코구마에게 이 고등학교에서 유일하다고 할 수 있는 친구다. 우정이나 인간관계에 지극히 관심이 옅은 코구마는 있어도 없어도 상관없는 녀석이 하나 있다는 정도로 인식했지만, 그런 만큼 설령 인간관계가 망가지더라도 레이코의 생명과 몸은 망가지지 않는 게 낫다.

만약 앞으로 레이코가 저 헌터 커브를 몰듯이 자전거를 탈 줄 알게 된다면, 이런 좁은 주차장이 아니라 누구의 도움도 받을 수 없는 곳에서 넘어져도 자기 몸을 지킬 수 있어야 한다.

커브를 망가뜨리고 고치고 새로 사더라도 그것을 타는 코구마는 이 세상에 한 명밖에 없다. 눈앞에 있는, 코구마에게 소중한지 어떤지는 모르는 사람 역시 아마 한 명밖에 없을 것이다.

코구마가 슈퍼커브를 통해 배운 내용이 하나 더 있다면, 사람에게는 기계 같은 세컨드 머신은 없다는 점이 아닐까.

(2) 어린이 장난감　고등학교 2학년 9월

기억하는 한 시즈오카에는 처음 왔다.

고텐바에서 전철을 내린 코구마는 손에 든 메모를 보고 역사 맞은편에 있는 큰 빌딩으로 들어갔다.

여름방학이 끝나고 2학기가 시작된 지 얼마 안 되었을 무렵, 코구마가 야마나시의 이웃 현에 있는 시즈오카현 고텐바시까지 추오본선, 미노부선, 토카이도본선, 고텐바선을 갈아타고 온 까닭은 그다지 내키지 않는 볼일이 생겼기 때문이다.

열여섯 살에 부모를 잃은 코구마는 고등학교에 계속 다니기 위해 학자금을 받게 되었다. 그것을 운영하는 육영회의 면접이 있었다.

학자금 대상자로서 바람직한 생활을 하는지 확인하기 위한 것으로, 관련 절차는 지금까지 도쿄에 있는 육영회 본부에서 진행했는데 본부가 입주한 빌딩이 내부 공사를 하느라 일부 업무를 시즈오카 지부에서 하게 되었다고 한다.

집 근처 역에서 추오본선 하나만 타면 도착하는 도쿄보다 체감상으로는 상당히 먼 고텐바까지 온 코구마는 병원 문진처럼 간략한 면접을 받았다. 담당 직원도 의무적인 절차일 뿐이라고 여기는지 코구마의 얼굴도 보지 않고 대답을 태블릿에 옮겨 적는 작업에 집중했다.

같은 대출인데 신용카드 회사가 훨씬 더 일을 열심히 한다고 생각하며 질문에 대답하던 코구마에게 직원이 말했다.

"뭔가 큰 걸 사거나 계획 없이 낭비하지는 않습니까?"

코구마는 오늘 여기 오기 위해 낸 전철비가 최근에 쓴 가장 큰 낭비라고 생각하면서 고개를 가로저었다. 바이크를 샀다고 말해야 하나 고민했지만, 객관적으로 보면 1만 엔의 지출이다. 매일 생활하다 보면 그 정도의 돈은 그냥 사라지고 고등학생이 바이크를 사서 탄다는 행위에 편견과 반감을 가진 사람도 많다. 바이크는 낭비가 아니에요! 하고 어린이 만화책 주인공 같은 일장 연설을 쏟아낼 정도로 코구마는 한가하지 않았다.

면접은 순식간에 끝나서 고텐바역 앞 육영회 지부를 나왔다. 빌딩에서 밖으로 나온 코구마는 주변을 둘러보았다.

코구마가 사는 코후와 규모가 비슷해 보이는 도시였다. 이대로 전철을 타고 돌아가는 건 어쩐지 재미가 없다고 생각한 코구마는 큰길을 따라 걸으며 산책했다.

조금 전 낭비하지 말라고 못을 박는 바람에 쇼핑이나 맛있는 음식을 즐길 마음이 생기지 않았다. 코구마는 길을 따라 달리는 전철을 보았다.

돌아갈 때도 상응하는 운임을 내야 하는 공공 교통기관. 어쩌면 전철을 타지 않고 커브로 여기까지 오는 게 나았을지도 모르지만 올 때 전철 안에서 본 간선도로를 떠올렸다. 아마 원동기로 그 자동차 흐름 속을 달리기는 쉽지 않을 것이다.

여름 아르바이트를 하면서 야마나시 현을 조금 여기저기 달려 본 코구마도 아직 커브로 다른 현까지 가본 적이 없다. 도로의 크기와 흐름의 속도보다 그것이 시즈오카라는 미지의 장소라는 사실 때문에 코구마는 자신이 가능한 범위 밖에 있는 행위라고 인식했다.

생각한 만큼 큰 도시는 아닌 건지, 선로를 따라 걷는 사이에 역 앞 중심가에서 꽤나 멀어지고 말았다. 도로를 따라 지어진 건물이 역에서 걸어서 갈 수 있는 상점에서 주택과 공장, 그리고 자동차로 가는 것을 전제로 지어진 도로변 매장으로 바뀌어 있었다.

딱히 수확은 없지만 슬슬 돌아가야겠다고 생각하며 길가 자판기에서 재스민차를 산 코구마의 눈에 익숙한 것이 들어왔다.

혼다 슈퍼커브.

파란색 차체에 크고 견고한 앞 바구니와 리어 캐리어. 슈퍼커브 신문 배달용 차량인 프레스 커브가 길가에 있는 대형 중고 바이크 체인점 부지에 세워져 있었다.

코구마는 가드레일에 걸터앉아서 그다지 넓지 않은 도로 반대편에서 프레스 커브를 바라보았다. 그 외에도 판매하는 바이크가 세워져 있지만 잘 닦인 프레스 커브는 매장에서 가장 눈에 띄는 곳에 진열되어 있었다.

한숨 돌릴 때 차를 마시며 꽃과 경치를 즐기는 감성은 없지만 바이크를 눈으로 보고 즐기는 건 나쁘지 않았다. 자신도 같은 반레이코 같은 감성으로 바뀌었다고 생각하며 마음속으로 쓴웃음을 짓는데, 중고 바이크 매장에 차가 한 대 들어왔다.

매장 주차 공간에 세운 하얀 라이트밴에서 부자가 내렸다. 몸집이 작고 선이 가는 소년이 마흔이 되었을까 말까 해 보이는 아버지의 손을 잡아끌었다.

바이크 가게 점원으로 보이는 작업복이 아니라 남색 양복을 입은 매장 직원이 공손하게 부자에게 다가가 머리를 깊이 숙이며 인사한 뒤, 오늘을 위해 세차한 것처럼 보이는 프레스 커브를 손으로 가리켰다.

"보세요! 이 프레스 커브 어떠십니까? 저희 회사 홈페이지에 나와 있는 사진보다 훨씬 예쁘죠?"

소년은 장난감 가게에서 초합금 무언가라도 보듯 커브를 이리저리 바라보며 만져보았다. 같이 온 아버지는 소년보다 바이크를 조금 더 잘 아는 건지, 타이어 상태나 엔진 하부 오일 누유를 신중하게 체크했다.

참을성이 없어 보이는 소년은 커브 앞에 쭈그리고 앉아서 차체 상태를 매서운 눈으로 살펴보는 아버지의 팔을 잡아끌며 말했다.

"아빠, 이걸로 사자! 이거 갖고 싶어! 인터넷보다 싸고 커브는 망가지지 않으니까 중고로 사도 괜찮아."

직원이 옆에서 "미사용 중고예요" 하고 끼어들었다. 아버지는 직원에게 몇 가지 질문을 했다. 계산기를 꺼내서 보여준 직원에게 아버지는 조금 떨떠름한 표정을 지어 보였지만, 소년이 보채며 팔을 잡아끌자 포기한 듯이 끄덕였다. 손님에게 구입 도장을 찍게 만드는 협상에서 승리한 여유가 느껴지는 직원은 부자를 공손히 매장 안으로 안내했다.

코구마는 차를 마시며 눈앞에서 바이크 한 대가 팔려나가는 광경을 보았다.

세상에는 운이 좋은 사람도 있나 보다. 코구마가 드문 행운과 생살이 떨어져나가는 느낌으로 지출한 결과 간신히 손에 넣은 커브를 소년은 아버지에게 장난감 사달라고 조르듯 받아냈다.

하지만 저 소년이 정말로 커브를 타도 괜찮을까. 코구마는 조금 괜한 걱정이 들었다. 바이크를 타려고 하는 걸 보면 적어도 열여섯 살은 되었겠지만, 소년은 딱 봐도 부족한 체격과 경제력, 협상 능력뿐 아니라 표정에서도 하나부터 열까지 부모에게 의지하는 인간 특유의 의존심이 느껴졌다.

저렇게 인격적으로 미성숙한 인간이 어린아이가 장난감 가지고 노는 기분으로 커브를 타며 원동기뿐 아니라 다양한 종류의 이동 기계가 달리는 공공도로에서 자신에게 책임을 질 수 있을까.

코구마는 재스민차를 마지막 한 모금까지 마시고 앉아 있던 가드레일에서 일어났다.

어느 쪽이든 자신과는 상관없다. 앞으로 마주칠 일도 없을 것이다. 같이 커브를 타더라도 사는 곳이 다르고 커브를 타는 자세와

각오가 다르다.

손목시계를 보자 돌아가는 전철을 타기 딱 적당한 시간이었다. 코구마는 역으로 걸어갔다. 뒤에서 엔진 소리와 킥 시동을 거는 소리가 들려왔다.

돌아보니 조금 전의 소년이 헬멧을 쓰고 장갑을 끼고 이제 막 자신의 것이 된 커브에 타고 있었다. 아버지가 소년을, 직원이 바이크를 걱정하는 눈으로 보는 가운데, 긴장해서 온몸이 딱딱하게 굳어버린 소년은 바이크 매장 부지에서 공공도로로 천천히 달려 나갔다.

바이크 매장에서 한 정비에 문제가 있었던 건지, 아니면 소년의 운이 안 좋았던 건지 아스팔트 도로로 나온 순간 프레스 커브는 펑크가 났고, 소년은 울상이 되어 매장으로 다시 돌아갔다.

이것은 바이크가 방에서 가지고 노는 장난감이 아니라 도로를 달리는 물건인 이상 충분히 일어날 수 있는 일로, 틀림없이 앞으로도 저 믿음직스럽지 못한 소년은 몇 번이고 시험 당할 것이다.

앞쪽으로 시선을 돌린 코구마는 다음 휴일에는 커브를 끌고 현 밖으로 나가봐야겠다고 생각하며 역으로 향하는 길로 걸음을 내딛었다.

(3) 도와줘 할배　고등학교 2학년 10월

코구마와 레이코는 위기에 빠졌다.

바로 얼마 전, 계절이 초가을에서 한가을로 접어들었을 무렵에 레이코는 CT110 헌터 커브를 샀다.

야마나시의 추운 겨울에는 적설과 노면 동결로 바이크의 행동이 제한된다. 그런 가운데 조바심을 내며 헌터 커브로 마구 달리는 레이코의 꾐에 넘어가서, 코구마와 레이코는 헌터 커브에 둘이 같이 타고 남알프스 임도로 달리러 갔다.

경트럭이나 사륜구동차는 물론이고 도보로 이동하는 등산객들조차도 지나가기 힘들어서 산짐승이나 다닐 법한 임도는 낙엽 때문에 미끄러지기 쉽게 되어 있었는지, 기분 좋게 달리던 헌터 커브가 후륜이 살짝 미끄러졌을 뿐인데 코구마와 레이코 두 사람을 태운 채 길 아래로 미끄러져 떨어졌다.

나락 끝으로 완전히 고꾸라지는 느낌이 아니라 엔진 파워로 어떻게든 올라갈 수 있지 않을까 싶은 정도의 경사면이었다. 그래도 스로틀을 당길 때마다 타이어가 헛돌면서 경사면 아래로 빨려들어갔다.

먼저 코구마가 헌터 커브에서 뛰어내렸고 오프로드 라이딩 테크닉으로 뭐라도 해보려던 레이코도 포기하고 내렸다. 둘이서 헌터 커브를 밀며 어떻게든 올라가려고 애썼지만 진흙과 낙엽으로 지반이 무른 비탈을 도저히 올라갈 수는 없었다.

그것은 이륜 랠리에서 기권이라고 하는 중도 탈락으로, 가장 많은 사례 중 하나라고 한다. 명백하게 위험하고 탈출 불가능한 곳이 아니라 잘하면 돌파할 수 있을 것 같은 곳에서 홀랑 발이 잡혀 자연의 조형에 수없이 많이 존재하는 개미지옥 같은 지형에 빨려 들어가는 것이다.

일단 헌터 커브를 비탈 아래에 두고 코구마와 레이코 둘이서 어떻게든 임도로 돌아와 비탈을 몇 번이나 오르락내리락했다. 하지만 어떻게 해도 헌터 커브를 길까지 끌어올릴 수가 없었다.

끌어올릴 수 없으니 다른 길이 있는 곳까지 밀고 내려가려고 해도 비탈 끝은 어디로도 빠져나갈 수 없는 계곡이었다.

등산이나 격한 운동과 인연이 없는 코구마는 완전히 녹초가 된 기분이었지만 체육 우등생인 레이코는 훨씬 초췌해져 있었다. 그럴 만 하다. 동경해서 구한 헌터 커브가 산 지 며칠 만에 사라질 위기에 처한 것이다. 게다가 바이크 자체는 아무런 손상도 없다.

휴대전화로 누군가에게 도움을 요청해서 커브를 끌어올리려고 해도 장소는 오프로드 바이크밖에 다닐 수 없는 임도 안쪽이다. 동력으로 커브를 끌어올리는 유니크 크레인이 달린 트럭 같은 게 들어올 수 있을 리가 없다.

레이코는 임도 투어링 경험이 풍부한 만큼 이런 상황에서 바이크 회수를 포기하고 폐차 절차에 필요한 번호판만 떼서 가지고 돌아갔다는 이야기를 선배 라이더에게서 많이 들었다.

쭈그려 앉아 있던 레이코의 입에서 말이 툭 새어 나왔다.

"도와줘."

코구마가 알고 있는 레이코에게는 어울리지 않는 말이다. 바이크는 혼자 타는 물건이다. 위험과 고독에서 자기 몸을 자기 힘으로 지킬 수 있는 사람이 아니면 탈 자격이 없다는 허세 가득한 말을 평소에도 자주 했었다.

레이코는 하늘을 올려다보며 도움을 청했다.

"도와줘! 할배!"

레이코가 부른 건 커브를 탄 지 얼마 되지 않는 코구마도 아는, 혼다 창업자이자 초대 회장인 혼다 소이치로 씨의 애칭이었다.

할배라고 불리는 혼다 사장은 혼다사의 뛰어난 수장으로 유명한 후지사와 타케오 씨가 시작한 획기적인 소형 오토바이 개발 계획을 승인하고, 그 이후에도 개발과 발매 후의 개량에 깊이 관여했다. 현장에서는 화가 나면 곧바로 스패너를 던지는 무서운 사람이었다고 한다.

슈퍼커브뿐만 아니라 다른 혼다 바이크와 자동차, 혹은 포뮬러 머신과 비즈니스 항공기에 타는 사람까지, 혼다의 기계를 깊이 사랑하는 사람들은 종종 할배에게 감사하며 그보다 아주 약간 많을지도 모르는 원망을 한다. 그리고 곤란할 때는 뻔뻔하게 도움을 요청한다고 한다.

코구마는 일어났다. 그리고 레이코에게 말했다.

"이미 죽은 사람에게 기도할 여유가 있으면 머리를 써서 방법을 생각해."

거의 울상이었던 레이코가 고개를 들었다. 그때 임도 옆에 있는 굵은 나무가 눈에 들어왔다.

"이 나무를 써서 끌어올릴 수 없을까?"

코구마는 레이코의 뒤에서 임도 풍경을 보던 때의 기억을 총동원했다. 아마 1킬로미터 정도 앞에서 건축자재가 불법으로 투기되어 있었던 것 같다. 거기서 뭔가 쓸 만한 걸 발견할 수 있을지도 모른다.

결국 버려진 굵은 밧줄을 발견한 레이코와 코구마는 솎아내느라 자른 침엽수 그루터기에 커브에 묶은 밧줄을 감은 후, 그것을 당겨서 헌터 커브를 단숨에 끌어올렸다.

대형 오프로드 바이크라면 도르래나 핸드윈치라도 필요한 상황이었다. 그러나 커브의 무게 정도라면, 바이크를 손으로 잡고 미는 비효율적인 방법을 사용해도 두 사람의 팔힘과 체중을 활용할 수 있도록 끄는 방향만 바꿔주는 것만으로 충분했다.

헌터 커브는 진흙과 낙엽 범벅이 되었지만 딱히 손상은 없어 보였다. 조금 전까지 낙담하던 레이코는 팔짝팔짝 뛰며 기뻐했지만 진흙 바닥에 발이 미끄러져 넘어지는 바람에 옆에 세워둔 헌터 커브에 머리를 찧었다.

레이코는 아파하면서도 여전히 웃었다. 어쩐지 코구마는 어딘가에서 스패너가 날아와 레이코의 머리에 부딪친 것 같다고 생각했다.

곧바로 헌터 커브의 시동을 건 레이코는 신물이 났다며 돌아가려고 할 줄 알았는데, 이 정도는 위기로 치지도 않는다는 기세로 헌터 커브를 임도의 더 안쪽으로 몰았다. 코구마도 어깨를 으쓱하고 뒤에 탔다. 아마 바보 기운이 옮았나 보다.

레이코가 한동안 쓰러져 있던 헌터 커브의 스로틀을 돌리자 연소실에 들어간 엔진 오일이 타면서 머플러에서 하얀 연기가 뿜어져 나왔다.

달려 나가는 헌터 커브의 뒤에서, 코구마는 아직 조금 아픈지 헬멧 위로 뒤통수를 문지르는 레이코를 바라보았다가 이어서 하늘을 올려다보았다.

누군지는 잘 모르지만 우쭐한 레이코의 머리를 코구마 대신 스패너로 때려준 듯했다. 물론 세상에는 죽기 전에는 못 고치는 성격을 가진 녀석도 있어서 전혀 개의치 않고 헌터 커브로 내달리고 있지만.

“고마워요, 할배.”

흘러가는 하얀 연기가 순간 무언가의 형상을 이루며 가을 하늘로 사라졌다.

(4) 데님　고등학교 2학년 12월

일요일 아침.

코구마는 속옷만 입은 맨몸 위에 어제 빨아서 햇볕에 말려둔 리라이더스 101 데님 상하의를 입었다.

많이 빨아서 빳빳해진 옷감은 올이 뭉쳐서 처음에는 조금 끼었지만, 틀림없이 몸을 움직이다 보면 금방 길이 들 것이다.

바지에 다섯 개, 재킷에 두 개 있는 기능적인 호주머니에 지갑과 휴대전화, 열쇠 등을 넣은 코구마는 창문으로 하늘 색깔을 지켜본 후, 데님 위에 아무것도 덧입지 않은 채 문을 열고 밖으로 나왔다.

교복을 입고 현관문을 열 때와는 기분부터 다르다. 교복 재킷과 스커트를 입었을 때보다 자유롭게 움직일 수 있다. 데님은 휴일 외출에 가장 적합한 옷이라고 생각했다.

한 시간 정도 뒤.

장 본 물건을 손에 든 코구마는 오른쪽 팔꿈치를 신경 쓰며 돌아왔다.

데님재킷 팔꿈치에 구멍이 뚫렸고 까진 상처에서는 피가 배어 나왔다.

가벼운 타박상과 찰과상 치료를 물로 씻어내고 끝낸 코구마는 벗은 데님재킷 구멍을 손가락으로 만지작거렸다.

튼튼하고 몸의 움직임을 방해하지 않고 슈퍼커브를 탈 때 사고로부터 확실하게 몸을 지켜줄 데님은 자전거를 타고 근처에 장을 보러 나갔다가 살짝 굴렀을 뿐인데 구멍이 나고 말았다.

일단 장 봐온 물건을 냉장고와 선반에 정리해 넣은 뒤 코구마는 다시 데님재킷 구멍을 살펴보았다.

두꺼운 면 재킷이 아스팔트에 쓸려 찢어지면서 몸의 상처를 최소한으로 막아준 듯했다. 가격에 맞는 역할을 해주긴 했지만 단벌인 재킷에 구멍이 나고 말았다. 구멍이 난 옷은 더는 입지 못한다.

코구마가 TV에서 본 옛날 영상에는 청바지에 일부러 구멍을 내고 찢어서 입는 사람들과 데님 재킷 소매를 뜯어서 가죽점퍼 위에 입는 바이커가 나온 적이 있지만, 코구마는 21세기 여고생이다. 사무라이처럼 머리를 틀어 올리고 크고 작은 칼을 차고 성으로 갈 일로 없고, 80년대 사람들처럼 찢어진 데님을 입고 밖을 돌아다닐 수도 없다.

코구마는 창밖을 보았다. 주차장에 세워둔 자신의 슈퍼커브가 눈에 들어왔다. 1950년대에 커브가 처음 만들어졌을 때와 거의 바뀌지 않은 모습으로 여전히 잘 팔리는 커브는 뒤쪽 캐리어 끝에 이전 주인이 낸 듯한 흠집이 남아 있지만 주행이나 사용에는 아무런 지장이 없다. 오히려 애니메이션이나 드라마에 나오는 번쩍번쩍하고 흠집 하나 없는 바이크가 아니라 실제로 매일 달리는, 살아 있는 바이크라는 증명으로도 보여서 그대로 남겨두었다. 당연히 신품으로 바꿀 돈이 없다는 게 가장 큰 이유였다.

이 데님 재킷도 실종된 어머니가 어느 날 갑자기 이유도 없이 사줬지만 다시 사려면 꽤나 비싸다. 그렇다고 재킷만 일본에서 저렴하게 판매하는 대형 체인 매장에서 파는 싸구려 데님으로 새로 사려니 어쩐지 속옷 위아래를 색깔도 소재도 맞추지 않고 입는 것 같아 마음이 진정되지 않았다.

모처럼의 휴일인데 소중한 자산에 손괴를 일으켜 그 뒤처리에 골머리를 앓는 건 기분이 좋지 않다. 그렇게 생각하며 어제 먹고 남은 밥으로 볶음밥을 만든 코구마는 달걀과 파, 간장으로만 완성시킨 볶음밥이 담긴 접시를 놓기 전에 식탁을 정리했다. 테이블 위에는 얼마 전 커브가 펑크 났을 때 산 튜브 영수증이 펼쳐져 있었다. 여러 번 펑크가 났지만 직접 수리한 덕에 튜브 값 8백 엔만으로 수리할 수 있었다.

영수증과 창밖의 커브를 번갈아 본 코구마는 볶음밥을 테이블 위에 방치한 채 데님 재킷을 입었다. 팔꿈치 부분이 조금 쌀랑했다. 짧은 가죽 부츠를 신은 코구마는 헬멧과 장갑을 들고 현관문을 열고 자신의 커브로 달려갔다.

코구마가 커브를 타고 향한 고등학교 가정 실습실에는 다행히 수예부 고문 선생님이 있었다.

데님 팔꿈치를 본 선생님은 일요일이라고는 해도 사복을 입고 학교에 온 코구마에게 형식적으로 잔소리를 한 뒤 데님 재킷을 받아들었다.

처음에는 "이 정도 찢어진 곳에는 천을 덧대느니 기우는 게 낫겠는데" 하고 말한 수예부 고문 선생님은 뭔가 떠올랐는지 자투리 천이 가득 담긴 상자를 가지고 왔다.

짙은 베이지색의 얇은 소가죽을 집어든 선생님은 재료와 재봉틀만 쓰게 해달라는 코구마는 무시하고 작업을 시작했다.

몇 분 뒤 코구마의 데님 재킷 양쪽 팔꿈치에는 다크 베이지색 스웨이드 가죽이 덧대어져 있었다.

수예부 선생님 말로는 덧대는 천은 같은 데님 소재나 일부러 눈에 띄도록 하얀 프릴 같은 걸 생각했는데, 코구마가 오토바이를 타는 것을 떠올리고 가죽으로 했다고 한다. 부드럽고 차분한 소가죽은 세미아닐린이라고 해서 토요타 고급 자동차에 사용되는 소재로 유명한, 합성단백질로 처리된 가죽으로 마찰과 세월에 의한 마모에 강하고 손질도 필요 없고 촉감도 아주 좋다고 한다.

수예부 선생님의 말을 그대로 옮긴다면 컨트리풍 트위드 재킷을 연상시키는 팔꿈치 패치를 손가락으로 만져본 코구마는 인사를 하고 가정 실습실을 나왔다.

돌아오는 길에 레이코와 마주쳤다. 레이코는 코구마의 데님 재킷을 거침없이 살펴보고 감탄하며 말했다.

"데님에 패션이 아니라 실용 목적으로 천을 덧대는 사람은 오랜만에 봤어."

코구마는 가죽 패치워크가 된 데님 팔꿈치를 레이코에게 내밀며 말했다.

"멋있지?"

(5) difference　고등학교 3학년 4월

지금까지 변화가 없는 생활을 해왔다.

코구마는 이제껏 자신의 생활이 특이하고 파란 넘친다고 생각해본 적이 없었다.

어릴 때 아버지를 잃고 고등학교에 들어간 순간 어머니가 실종되어서 학자금으로 생활하게 되었으니, 옆에서 보면 인생의 거친 풍파가 끊임없이 밀어닥치는 것처럼 보일 터다. 하지만 자신의 내면이 바뀌었다고는 생각하지 않았다.

처음부터 기억에 없는 아버지와 있으나 없으나 크게 다를 게 없었던 어머니처럼, 코구마에게 스스로를 구성하는 재료의 곁가지에 지나지 않았던 것이 늘어나고 줄어든다고 해서 사람은 그리 쉽게 바뀌지 않는다.

자신은 바뀌었을까? 코구마는 슈퍼커브를 타게 된 뒤부터 그런 생각을 하게 되었다.

지금까지의 생활에 어떤 변화를 주기 위해 하루하루 살아가기도 벅찬 돈을 쪼개서 산 슈퍼커브는 눈에 보이는 알기 쉬운 변화를 몇 가지 가져와주었다.

먼저 입는 옷이 바뀌었다. 고등학교에 다닐 때는 교복에 지극히 개성 없는 로퍼와 무난한 더플코트 차림이었지만 지금은 커브를 탈 때 시프트 체인지를 하기 쉽고 복숭아뼈를 지켜주는 목이 높은 스니커를 신고 바람에 강한 스윙톱 타입의 라이딩 재킷을 입는다.

휴일에 입는 옷도 커브를 타기 전에는 어떤 옷을 입었는지조차 기억나지 않지만 지금은 리 라이더스 데님 상하의를 즐겨 입는다. 게다가 고등학교 운동복을 위아래로 입고 외출하는 경우도 많아졌다. 예전에는 운동복도 사람들 앞에 운동복을 입고 나가기가 부끄러웠지만, 커브로 집 근처를 달릴 때는 가장 좋은 옷이라는 걸 알게 된 뒤로 오히려 전철이나 버스로 외출하는 사람들보다 활동적인 수단으로 이동한다는 점을 드러내는 표시로서 자랑스러운 기분으로 입게 되었다.

먹는 것도 조금이지만 달라졌다. 커브를 타기 전에는 걷거나 자전거로 갈 수 있는 거리의 슈퍼에서 산 식재료 내에서 만들 수 있는 많지 않은 종류의 음식을 몇 가지 만들거나 레토르트 음식으로 끼니를 때웠다. 하지만 지금은 직접 만들 수 있는 음식 종류도 많아졌고 레토르트 종류도 늘어났다. 무엇보다 쌀도 슈퍼에서 파는 것 중에서 가장 저렴한 걸로 사오다가, 세간에서 명품 쌀이라고 하는 무카와쌀을 현지 쌀 도매상에서 사오게 되었다.

입는 것과 먹는 것, 슈퍼커브는 인간을 구성하는 물질 대부분을 바꿔주었지만 변화는 그런 게 아니라고 코구마는 생각했다.

커브를 타게 된 뒤로 자신의 행동에 의지를 가지고 하나하나의 움직임을 확인하게 되었다. 바이크를 탈 때 멍하게 있으면 사고가 난다.

원하는 것이나 보고 싶은 것이 있을 때는 그것이 있는 곳까지 가게 되었다. 손에 넣을 수는 없지만 눈으로 직접 보기만 해도 얻을 수 있는 것도 있다.

미래를 내다보는 생활이 가능해졌다. 뜻하지 않게 저렴하게 산 커브도 앞으로 점점 돈이 더 많이 들 것이다. 그때를 위해 돈을 모아두어야 한다. 학자금에서 남은 돈은 자신의 목숨을 지키는 돈이지 멋대로 써도 되는 용돈이 아니다.

코구마는 커브를 타면서 바뀌었다.

앞으로도 계속 그럴 것이다.

(6) 크레이프 파티　고등학교 3학년 4월

신입생을 맞이하고 재학생에게는 학년이 하나 올라갔다는 사실을 들이미는, 벚꽃이 지고 신록이 움트며 연두색으로 뒤덮이는 무렵이었다.

3학년이 되자마자 리틀 커브를 산 시이를 위해 레이코네 집에서 커브 구입 축하 크레이프 파티가 열렸다.

말을 꺼낸 사람은 레이코였다. 코구마도 딱히 반대할 마음은 없었다. 제안은 레이코가 했어도 실제로 준비하는 사람이 자신이라는 점을 제외하면 말이다.

어제 방과 후에 레이코의 집으로 간 코구마는 밀가루와 달걀과 우유, 녹인 버터로 반죽을 만들었다. 그리고 크레이프를 구울 때 프라이팬보다도 더 좋은 알루미늄 무수분 냄비 뚜껑으로 그것을 구워서 겹쳐놓는 작업을 끝도 없이 반복했다. 요리를 잘하지는 않지만 가난뱅이 생활을 오래 하다 보면 필연적으로 밀가루를 잘 다루게 된다.

집에서 먹는 크레이프는 바로 구운 것보다 냉장고에서 하룻밤 숙성시킨 게 더 맛있다. 크레이프만 구우면 안에 넣는 과일과 크림, 고기와 채소는 통조림이나 기성품을 그릇에 담기만 하면 된다. 그 일은 레이코에게 시켰다.

아직 산 지 얼마 되지 않아서 익숙하지 않은 시이의 리틀 커브를 코구마가 슈퍼커브로 이끌며 레이코가 사는 통나무집으로 향했다. 레이코는 자신이 헌터 커브를 샀을 때도 축하주로 샀던 르폴미에 스파클링 시드르를 들고 기다리고 있었다.

포치라고 하는 통나무집 특유의 1층 베란다로 올라가는 계단 옆에는 레이코가 직접 만든 경사로가 설치되어 있다. 코구마는 익숙하게 경사로를 이용해 자신의 커브를 밀어 올렸다. 시이도 똑같이 따라하려고 했지만, 키가 140센티미터도 안 되는 시이가 자기 몸무게의 두 배가 넘는 리틀 커브를 밀어 올리려 애써도 도저히 올라가지 않자 "오늘만이야" 하고 거들어주었다.

바이크를 다루는 데에는 힘뿐만 아니라 요령과 수완도 필요하다. 코구마는 힘을 쓰는 법만 익히면 근력을 그다지 쓰지 않고도 움직일 수 있다는 걸 커브를 통해 배웠다. 틀림없이 시이도 머지않아 말과 이론으로는 설명할 수 없는 바이크 다루는 법을 익힐 것이다.

게다가 리틀 커브를 들어 올리지 못하는 시이가 코구마에게 보여준 '부탁해, 도와줘'라는 눈빛이 완력보다 더 도움이 된다는 것은 충분히 이해했다. 시이는 그쪽을 더 갈고닦는 게 나을지도 모른다.

코구마와 시이가 같이 통나무집 안까지 커브를 밀어서 들어갔다. 실내에는 정비 작업을 위해 벽돌이 깔린 곳이 있고 레이코의 헌터 커브가 놓여 있었다.

세 대의 커브를 줄 세우듯 나란히 세운 시이에게 레이코는 장작 난로 앞 상석을 권하고 자신도 자리에 앉았다. 주말마다 오는 통나무집에서 거의 지정석이나 다름없는 작업 책상 근처의 자리에 앉은 코구마는 라디오 스위치를 켜고 얼마 전에 안테나를 수리해 J-WAVE 방송이 나오게 된 FM으로 보사노바를 틀었다.

레이코는 무알코올 시드르를 소리 나게 따려고 했지만 잘 되지 않는 모양이었다. 시이가 손을 뻗어 레이코에게서 병을 받아들고 코르크 마개에 천을 덮고 매끄럽게 뚜껑을 땄다.

코구마는 샴페인 잔 같은 건 없는 찬장에 어째서인지 인원수만큼 있는 브랜디용 튤립 잔을 테이블에 차렸다. 시이가 익숙한 손놀림으로 시드르를 잔에 따르고 자리에 앉았다. 성마른 레이코가 와인을 고른 사람이 한 모금 마시며 맛을 보는 기본 매너인 호스트 테이스팅을 생략하더니, 곧바로 잔을 들고 건배사를 외쳤다.

"그럼 에니와 시이의 리틀 커브 구입을 축하하며, 건배!"

잔을 가볍게 부딪치고 셋이서 시드르 잔을 비웠다.

레이코가 무알코올이면서 사사건건 멋 부리고 싶어 하는 프랑스 놈들이 높이 평가한다고 설명한 르 폴미에 시드르는 맛이 나쁘지 않았지만, 코구마는 두 잔째부터는 익숙한 후지미네랄 무당 탄산수로 바꿨다.

시이가 알코올이 들어 있지 않은 시드르를 마시고 은근히 취한 표정이라 아직 머리가 맑을 때 말해 두었다.

"집에서 커브 키를 꽂아둔 채 방치했던데, 그러면 한 달도 안 돼서 누가 훔쳐갈 거야."

레이코가 곧바로 두 잔째 시드르를 따르는 옆에서 시이는 고개를 갸웃거리며 되물었다.

"집 차고 안에서도?"

코구마는 끄덕였다. 그리고 덧붙였다.

"커브는 도난당하기 쉬워. 세워둘 때는 자신이 바이크 도둑이라면 어떻게 할지를 생각하며 세우지. 본인도 훔칠 수 있다면 언젠가 누군가가 훔쳐갈 거야."

시드르를 꼴깍꼴깍 마시던 레이코가 꺽 하고 탄산가스를 빼내며 말했다.

"나라면 키가 없어도 60초면 충분해."

코구마가 평소에 포치 앞 야외에 세울 때가 많은 자신의 커브를 오늘은 실내까지 넣고 시이에게도 그렇게 시킨 것은 지금의 발언을 언행불일치의 가벼운 말로 넘기지 않기 위해서였다. 레이코가 주의 환기를 해줄 거라고는 처음부터 기대도 하지 않았다.

하고 싶은 말을 마친 코구마는 의식을 크레이프로 돌렸다. 크림색 원기둥에서 한 장 떼어내 자기 접시에 올리고, 양상추와 진공팩 포장만 벗긴 로스트 치킨과 통조림 버섯을 올렸다.

갑자기 설교 같은 말을 듣고 시드르의 취기가 깬 듯한 표정인 시이에게 코구마는 크레이프 말이를 내밀며 말했다.

"넌 하나 배웠어."

시이는 마음이 편해진 미소를 지으며 크레이프를 베어 물었다. 그리고 자신의 리틀 커브를 흘긋 보고 작게 말했다.

"미안해."

(7) 정상의 풍경 고등학교 3학년 8월

9부 능선 도리이를 지난 뒤부터는 레이코가 선행했다.

코구마와 레이코는 후지산 불도저 등산로를 커브로 달렸다. 바로 얼마 전 잡지사 기획으로 새 크로스 커브를 타고 도전한 후지산 등정이 스태프의 건강 상태 악화와 코구마, 레이코의 준비 부족으로 중도 하산하는 결과로 끝난 뒤, 코구마와 레이코는 자신의 커브로 다시 후지산에 도전했다.

엔진 보조 장치와 차체 등에 변화는 있지만 기본적인 구성은 다르지 않은 크로스 커브로 등정했을 때의 감각을 아직 몸이 기억하고 있는 건지, 8부 능선까지 오르는 길은 순조로웠다. 거기서 일단 카뷰레터와 에어클리너를 분해해 연료 농도를 산소가 희박한 고산용으로 다시 조정했다. 평지보다 농도가 높은 휘발유를 공급받은 커브는 지난 번 등정을 단념한 8.5부도 그럭저럭 통과했다. 그 다음부터 코구마와 레이코, 그리고 커브에 피로의 징후가 나타나기 시작했다.

타이어를 오프로드용으로 바꾸고 스프로켓이라고 하는 체인 톱니바퀴를 낮은 기어비로 교체했다고는 해도 52cc 엔진인 코구마의 커브는 경사가 더 가팔라지는 비탈에 비명을 지르는 것 같았다. 그리고 하산하고 며칠 만에 다시 올라와서인지 예전 등정 때

만큼 심한 고산병으로 고생하지 않는 것 같았던 레이코는 급격히 높아지는 고도에 숨을 헐떡이기 시작했다.

어제 저녁에 후지산 5부 능선에 있는 오두막에서 묵었을 때 흥분해서 잠을 이루지 못하던 레이코를 억지로 재운 코구마의 노력이 헛수고로 끝날지도 모른다.

코구마는 앞에서 달리는 레이코의 헌터 커브를 보았다. 레이코는 지금까지의 주행으로 얻은 오프로드 라이딩 테크닉을 구사해 시트에서 허리를 띄우고 복숭아뼈로 차체를 잡고 균형을 유지하며 가파른 자갈길에 도전하고 있었다.

코구마는 레이코만큼 오프로드나 커브의 성능을 한계치까지 끌어올린 주행을 한 경험은 없었지만, 한 가지 확실한 건 지금 구르면 죽는다는 점이다.

불도저 등산로의 아래쪽은 기슭까지 쭉 이어진 민둥산이다. 미끄러지면 목숨을 잃는다는 점에서는 절벽과 마찬가지다. 위쪽은 후지산이 가진 방대한 에너지에 의해 산출되고 아직 비바람의 침식을 받지 않은 날카로운 바위벽이다. 몸이 부딪치면 연약한 물주머니에 지나지 않는 인간의 몸은 대번에 찢어진다. 이미 몇 번인가 벽을 스쳤을 때 방한용으로 입은 스키복이 찢어지고 그 밑의 피부가 약간 상처를 입었다.

코구마는 커브 헤드라이트를 상향으로 올리고는 그것을 몇 번이나 반복했다. 레이코와 둘이서 국도를 달릴 때 자주 하는 전후

위치 교체 사인이다. 헌터 커브를 트라이얼 바이크처럼 다루느라 정신이 없는 레이코는 알아채지 못한 듯했다.

주변이 보이지 않고 집중력이 떨어진 위험한 상태다. 코구마는 강제로 레이코를 앞지르기로 했다. 거의 완전히 열었던 스로틀을 풀었다.

그대로 커브에서 내린 코구마는 탄 사람의 부하가 사라진 커브에 끌려가듯 커브를 밀며 걸었다. 전방의 레이코가 코구마와 어깨를 나란히 하고 후방으로 뒤처졌다.

아까부터 폼만은 근사한 레이코의 헌터 커브는 전진 속도에서는 걷는 것보다 느렸다.

코구마가 걸어서 앞지르자 레이코는 그래도 포기하지 못하고 헌터 커브를 탄 채 "기다려~." 하고 말했지만 헌터 커브를 타고 어려운 곳을 돌파한다는 체면보다는 목숨이 아까운지 코구마를 따라 커브에서 내려 밀며 걸었다.

후방에서 캐터필러차를 타고 두 사람을 촬영하던 오두막 주인이 레이코가 구르면 구조하기 위해 길 끄트머리에 맞춰 주행하던 캐터필러 차를 길 중앙으로 돌리는 모습이 사이드미러 너머로 보였다.

어려운 곳을 통과하고 주행을 재개한 코구마는 험로에 금방이라도 떨어질 것처럼 흔들리는 미러에 오두막 주인이 숨죽여 웃는 모습까지 비치는 기분이 들었다. 이것이 에미가 말했던, 인간이 위기에 처했을 때 경험한다는 모든 감각이 확장되는 순간일까.

에미는 이런 말도 했다. 그런 상황에서 사람은 잘 죽는다고. 코구마는 자신을 걱정하던 에미가 하려다 말았던 말까지 깨달은 느낌이었다. 사람은 그렇게 쉽게 죽지 않는다.

달리고 밀고 때로는 둘이서 커브를 들어서 옮겼다. 그것을 되풀이하는 사이에 불도저길 끝이 순식간에 다가왔다. 이곳이 지구라는 사실을 믿기지 않을 정도로 황량한 대지에서 이정표를 지난 순간, 주변 풍경은 상점가처럼 기념품점이 줄지어 있는 모습으로 바뀌었다. 그중 한 상점 뒤로 커브 두 대를 몰았다.

갑자기 후지산 꼭대기에 나타난 두 대의 원동기. 도보 등산가들이 무슨 일인가 하고 손가락으로 가리키는 가운데 코구마와 레이코는 커브에서 내렸다. 고산의 저산소 때문에 무릎을 꿇을 것 같았던 레이코는 코구마의 어깨에 기대 정상의 분화구를 본 순간 흥분해서 말했다.

"달리자! 커브로 분화구를 한 바퀴 돌자."

만약 이대로 레이코를 헌터 커브와 함께 화산구로 걷어차면 선량한 오토바이 애호가에게 해악을 끼치는 존재가 하나 사라지지 않을까. 그런 생각이 들었지만 요즘 후지산에서는 폐기물 불법 투기에 엄격하다고 들어서 포기했다. 아마 세상에 민폐라는 점에서는 자신도 크게 다르지 않았다.

정상에 근무하는 후지산 관계자와 연줄이 아주 깊다는 오두막 주인이 대번에 허가를 받아줘서 코구마와 레이코의 후지산 분화구 주변 일주가 시작되었다. 등산가들은 자신의 눈과 정신이 제정신인지 의심하는 표정으로 후지산 정상까지 올라온 두 대의 커브와 거기에 탄 두 여고생을 보고 있었다.

좁고 가파른 능선의 울퉁불퉁한 지면을 놀이 하듯 달리는 코구마와 레이코를 보고 엄마와 같이 온 아이가 가리키며 "엄마, 저게 뭐야?" 하고 물었다. 엄마는 "저런 거 보는 거 아니야" 하고 말하며 아이의 눈을 가렸다. 아빠는 옛날 추억이 떠오른 듯이 말했다.

"저건 슈퍼커브야."

커브를 아는 사람은 좋아서 사서 타고 다니는 사람만이 아니다. 일이나 아르바이트로 어쩔 수 없이 타야 하는 사람도 적지 않다. 그런 사람들은 뭘 해도 망가지지 않는 신기한 바이크라는 인식을 공유하고 있었다.

엄마의 팔에서 벗어나 코구마와 레이코를 보던 아이가 말했다.

"엄마! 나도 슈퍼커브 탈래! 언젠가 꼭 탈 거야!"

동영상보다 화질이 좋은 스틸 카메라로 기념 촬영을 하고 싶다는 오두막 주인의 요청으로 코구마와 레이코는 커브 두 대와 함께 정상의 기상대 앞에 섰다.

코구마는 옷이 여기저기 찢어지고 상처에서 피를 흘렸다. 마찬가지로 너덜너덜해진 레이코는 혼자 힘으로 서 있지도 못하고 코구마에게 기대 있었다. 커브도 더러워지고 긁히고 곳곳에 부품이 부러지고 떨어져서 몰골이 말이 아니었지만, 오두막 주인은 감탄

하며 사진을 몇 장이나 찍었다. 파인더에서 눈을 뗀 오두막 주인은 먼 곳을 보았다. 동상으로 발가락을 모두 잃기 전, 찍히는 쪽이었던 때의 자신을 보고 있었다.

눈앞에 펼쳐진 운해를 보며 레이코는 코구마에게 말했다.

"세상을 다 가진 기분이지?"

또 멍청한 소리를 한다고 생각한 코구마는 대답했다.

"일단 커브로 못 가는 곳이 없다는 것만큼은 알았어."

커브가 코구마를 여기까지 데려와 주었다. 정상 부근에서는 무거운 짐이 되었던 커브를 여기까지 끌어올리는 일을 포기하지 않았기 때문에 눈앞에 펼쳐진 풍경을 볼 수 있었다.

커브가 있으면, 커브를 타듯이 살아가면 틀림없이 그곳이 어디든 바라는 곳까지 갈 수 있다.

이 세상마저도 손에 넣을 수 있을지 모른다.

(8) 유비무환　고등학교 3학년 9월

방 라디오에서 또 재해 발생 소식이 전해졌다.

이번에는 서일본에서 대규모 수해가 발생했다고 한다. 스마트폰으로 본 인터넷 뉴스에는 집이 침수되어 대피소에 모인 사람들의 영상이 나왔다.

평온한 일상을 순식간에 빼앗긴 모습을 본 코구마는 지금 자신의 생활을 돌아보게 되었다.

커브를 타다 일어나는 사고나 재난에 대해서는 나름 대비했지만, 자연재해는 생각해본 적이 없었던 것 같다.

원래 야마나시에서도 코후 분지는 자연재해가 그다지 많이 일어나지 않는다. 코구마가 사는 히노하루역 주변도 침수가 될 일이 없을 만큼 표고가 높아서, 그 덕분에 통학하거나 외출할 때마다 언덕을 오르락내리락해야 한다.

코구마가 사는 야츠가타케 산맥 끝에 있는 시치리이와 일대는 지반도 단단해 지진에 의한 산사태가 일어날 가능성도 적다. 이 철근 연립주택에 있는 한 재해가 일어나도 괜찮다고 생각했다.

집에 있을 때 계속 켜두는 라디오에서 목소리가 들려왔다. 지난 몇 년 동안 지금까지 자연재해와 인연이 없었던 지역이 피해를 입었다는 내용이었다.

다음 재해로 지금의 생활이 붕괴될 가능성은 충분히 있다. 자연재해가 없어도 인재는 일어난다. 단단한 시치리이와도 그것을 형성하는 대규모 화산 활동으로 만들어졌다.

커브에 보험을 들고 비상용 공구를 가지고 다니는 것처럼 재해 대책이라는 것을 생각해봐야 할지도 모른다. 그렇게 생각한 코구마는 집 안을 둘러보았다.

만약 대피하느라 지금 사는 곳에서 도망쳐야 할 때는 먼저 튼튼한 옷이 필요하다고 판단한 코구마는 리 데님 상하의를 입었다. 내구성과 착용감은 커브를 탈 때 직접 확인했다.

대지진을 겪은 사람들은 대부분이 침대 옆에 신발을 둔다는 이야기를 떠올린 코구마는 현관 앞 신발장을 보았다. 오랫동안 신지 않은 통학용 로퍼와 천으로 된 농구화가 아니라 검은 가죽 쇼트부츠를 집었다. 이것도 커브를 타기 위해 샀고, 커브로 여러 곳에 다닐 때 성능을 실감했다.

옷이 갖춰지면 다음은 비상용으로 들고 나갈 가방이다. 통학용으로 사용하는 이치자와 캔버스 백팩이 최선의 선택이라고 생각했다. 원래 보이스카우트를 위해 만들어진 튼튼한 캔버스 천과 가죽으로 된 가방은 용량도 며칠 생명을 연장하기 위해 필요한 물품을 넣어두기에 충분하다.

이어서 식량이다. 평소에는 밥솥 겸 도시락으로 사용하는 메스틴과 쌀. 평소 10킬로그램 자루로 사는 쌀과는 별개로 며칠 전에 지역 특산품인 무카와쌀 보급 이벤트로 받은 2킬로그램 자루가 있어서 그것을 메스틴과 함께 가방에 넣었다. 같이 알루미늄 상자가 버너 겸용인 에스빗 고체 연료와 라이터, 페트병 물, 레토르트 소고기덮밥과 카레를 몇 개 넣었다. 이걸로 먹을 게 부족하진 않다. 쌀과 레토르트가 있으면 살아남을 수 있다.

그밖에도 스마트폰과 충전기, 공구함에 들어 있는 정비 도구로 필수인 LED 손전등, 서랍에 넣어두기만 했던 카밀러스 나이프를 가방에 넣고 짊어져 보았다. 통학할 때보다 무겁지만 금방 지칠 정도로 무겁지는 않았다. 오히려 아직 여유가 있는 느낌이었다.

방재 두건 종류는 없으니 커브에 탈 때 사용하는 헬멧을 쓰고 그립스와니 가죽 장갑을 손에 꼈다.

이걸로 언제든지 재해로부터 대피할 수 있고 며칠 동안 살아남을 수 있을 거라 생각한 코구마는 욕실의 거울을 보았다.

"아."

방재 준비를 마친 코구마는 평소 커브를 탈 때와 똑같은 모습이었다.

확실히 태풍보다 가혹한 주행풍을 맞고, 구르는 상황이나 악천후에도 대응해야 하는 라이딩복은 방재 도구로 충분히 활용 가능한지도 모른다.

모처럼 복장을 갖췄으니 밖으로 나와 슈퍼커브 엔진을 켜고 달려 나간 코구마는 니라사키 쇼핑몰에 있는 백엔숍에서 봉지과자와 예비 전지, 알루미늄 담요와 시에라 컵, 표류하거나 조난당한 사람이 필수 서바이벌 도구로 꼽는 바늘과 실 등 이런저런 방재 도구를 사서 주차장에서 커브에 앉았다.

만약 지금 이 순간 천지가 뒤집어지는 재난이 발생한대도 이러한 대비와 슈퍼커브가 있으면 살아남을 수 있다.

(9) 집 안에서 바이크를 즐기자 고등학교 3학년 10월

맑은 건 오늘 하루뿐이고 내일부터는 또 비가 이어진다고 한다.

고등학교 3학년 가을.

실버위크라고 하는 10월의 연휴를 앞두고 이런저런 투어링과 수리 정비 예정을 세우던 코구마는 정말로 재미없는 시간을 보내는 중이었다.

장마 때는 늘 이런 기분이었던 것 같지만, 지난 몇 년은 가을장마가 초여름 장마보다 길어진 듯한 느낌이 들었다.

바이크가 아무리 진화하고 타는 사람의 기술과 장비가 향상되어도 비는 바이크의 천적으로 쭉 남아 있다. 외출이나 정비가 불가능하진 않지만 여러 제약이 따르고 무엇보다 기분이 좋지 않다.

심통을 내도 어쩔 수 없으니 비가 예정된 연휴를 조금이라도 쾌적하고 보내기 위해 집 안을 둘러보았다. 원래 가구라는 것을 그다지 두지 않은 방에는 제대로 된 물건이 없어서 고작해야 심심풀이에 도움이 될 만한 것이라고는 바이크 잡지와 라디오, 동영상을 볼 수 있는 스마트폰 정도만 있었다.

코구마는 자신의 생활과 취미 거점인 자기 집이 이렇게까지 쓸쓸한 곳이었나 싶어 조금 기가 막혔지만, 단칸방을 찬찬히 뜯어보다가 이 공간에 무엇이 부족한지 깨달았다.

슈퍼커브가 없다.

이 교도소 같은 연립주택의 단칸방도 슈퍼커브가 있으면 틀림없이 충만한 시간을 보낼 수 있는 공간이 될 것이다. 그래도 엔진을 시동시킬 수는 없지만 평소에는 하지 않는 정비 등 할 일은 많다. 최근에는 물로만 닦고 제대로 왁스나 코팅 작업을 하지 않은 커브를 스포크 하나까지 꼼꼼히 닦아도 좋을 것이다. 무엇보다 커브는 그냥 보기만 해도 행복해진다.

사회인이 되면 남자는 대부분 자신의 차를 보관하고 정비하는 차고를 원한다고 한다. 그런 꿈의 차고에는 대체로 반짝반짝하게 닦은 애차를 유리 너머로 바라보는 카페 같은 구조의 작은 별실이 있다.

솔직히 코구마는 그 정도로 애지중지하는 바이크 마니아는 아니고 실용품인 커브를 보며 차를 마시는 취미도 없지만, 커브를 집 안에 들인다는 발상 자체는 나쁘지 않다고 생각했다.

이것저것 고민한 끝에 코구마는 일단 냉정해졌다. 연립주택의 셋방에 커브를 들이는 게 가능할 리가 없다. 입주할 때 넣은 계약금이 날아가는 건 확실하고 잘못하면 퇴거당해서 집이 사라질 가능성도 있다.

그런데 정말로 그럴까.

예전의 코구마라면 이럴 때 곧바로 포기했을 터였다. 그러나 커브를 타게 된 뒤로 지인이 몇 명 생기고 그들이 바이크를 즐기는 법에 영향을 받았는지 불가능해 보이는 일도 일단 안 되더라도 해 본다는 사고가 싹텄다.

스마트폰을 든 코구마는 사는 연립주택 관리회사에 전화했다. 일단 공동 출입구 형광등이 나간 걸 알린다는 표면적인 용건을 전하고 잡담으로 연일 비가 쏟아지는 날씨에 대해 투덜거리다가, 상대가 대화에 응해왔을 즈음 집 안으로 바이크를 들이고 싶어지네요, 하고 농담처럼 말했다.

의외로 전화를 받은 관리 담당자는 한동안 신음 소리를 내더니, 된다고는 말할 수 없지만 멋대로 하는 행동에는 딱히 자기네 쪽에서 전혀 문제시하지 않는다고 했다.

이야기를 들어보니, 그도 바이크를 타는데 지난 며칠 비 때문에 한탄했다고 한다. 그 후 담당자가 자기 아내보다 사랑한다는 오래된 카와사키 바이크 자랑을 한동안 들어야 했다. 대단해요, 멋진 바이크네요, 하고 형식적으로 맞장구를 쳐줬는데 가정을 가진 사회인으로서 취미성이 높은 바이크를 계속 타는 사람에게 하는 말로는 빈말도 아니었다.

코구마는 커브를 타면서 알게 됐는데 바이크를 사랑하는 사람은 다양한 업종, 다양한 연령층에 편재해 어떤 직장과 집단에서도 찾으면 바이크를 좋아하는 사람이 있는 경우가 많다.

그렇게 반쯤 숨어 있는 바이크 라이더 대부분은 다른 취미보다 강한 연대의식을 공유하기 때문에, 같은 바이크 라이더에게 어떻게든 편의를 봐준다. 물론 코구마도 클라이언트가 바이크를 타면 그것만으로 평소보다 정중하게 일을 하고 그 사람의 원활한 사회생활과 나아가 행복한 바이크 라이프를 도와주고 싶은 기분이 들었다.

그 후 휘발유와 엔진오일 등 휘발 물질은 뺄 것, 바닥과 알루미늄 샷시는 더럽히거나 망가뜨리지 않도록 조심한다는 조건으로 바이크를 집 안으로 들여도 묵인해주기로 했다. 코구마가 신경 쓰였던 바닥의 강도에 대해서는, 우리 건물은 고도경제성장기에 난립한 해사 콘크리트 연립주택과는 차원이 다르다, 성인 남자 체중과 그다지 다르지 않는 슈퍼커브 정도라면 꿈쩍도 하지 않는다고 보장해주었다.

전화를 끊은 코구마는 곧바로 움직였다. 공간을 확보하기 위해 책상을 주방 쪽으로 밀어내고 마루에 박스와 블루 시트를 깔았다. 주차장에 있는 커브를 바닥 높이에 난 창을 통해 1층에 있는 집 안으로 들이는 경사판은 전용 러더 레일을 빌릴 필요도 없었다. 예전에 건물 해체 현장에서 변형되어 쓸모없어진 발판이 있어 커브를 차에 실을 때 도움이 되겠다 싶어 받아온 게 있었다.

관리회사에서 당부한 대로 휘발유와 오일을 빼고 창틀 하단에 쿠션을 끼워 세운 발판을 사용해 커브를 실내로 밀었다. 이 정도의 무게라면 딱히 힘을 짜낼 필요도 없고 평소 주차장 안에서 이동할 때 밀며 걷는 작업이 조금 무거워진 정도였다.

무사히 방 안에 들인 커브를 보자, 코구마의 얼굴에 미소가 번졌다.

야외에서는 작게 보이는 커브도 실내에서는 의외로 커서, 방 안을 이동할 때는 침대와 커브 사이에서 몸을 옆으로 돌리고 있는 힘껏 배를 집어넣고 지나가야 했다. 하지만 그게 또 주인에게 장난 치는 강아지나 고양이 같아서 귀여웠다.

침대에 걸터앉아 한동안 커브를 보던 코구마는 갑자기 생각나서 큰 창문을 열었다.

방금 넣은 커브를 밖으로 빼고 뽑아놓은 휘발유와 오일을 다시 넣었다.

커브를 집 안으로 들인다는 진귀한 즐거움에 빠져 잊고 있었는데, 내일부터 내릴 비 때문에 당분간은 근처 슈퍼에 가기도 귀찮아질 것이다. 오늘 안에 생활에 필요한 물건을 사러 가야 한다는 사실이 떠올랐다.

실내에서 커브를 손보기 위한 유지 보수 도구도 갖춰두고 싶고 그것과는 별개로 사야 할 것이 있다.

커브를 보며 행복한 시간을 보내기 위한 조금 좋은 커피와 다과가 있어야 한다.

(10) 스와프 미트　고등학교 3학년 10월

일요일 낮.

코구마와 레이코, 시이는 커브를 타고 야마나시 옆에 있는 카나가와현까지 왔다.

사가미호수 리조트 플레저 포레스트.

카나가와현 사가미하라시에 있는 사가미 호반의 레크레이션 시설이다.

국도 412호선을 좌회전하면 나오는 게이트를 통과한 일행은 사전에 인터넷으로 구입한 참가증을 직원에게 보여주었다. 그러자 부지 안에 몇 곳 있는 드넓은 주차장 중 한 곳으로 안내받았다.

캠핑 용품을 실은 패밀리카로 가득한 주차장을 지나서 나오는 또 다른 주차장에는 아웃도어 리조트를 즐기는 가족 단위 이용객들과는 결이 다른 사람들이 모여 있었다.

사방을 둘러봐도 주차장은 바이크로 가득했다.

코구마 일행은 일요일 낮에 여기까지 캠핑과 바비큐를 하러 온 게 아니다. 목적은 여기서 1년에 한 번 열리는 행사다.

사가미호수 스와프 미트.

일본 최대의 바이크 부품 교환 및 판매 행사다.

자동차와 바이크 부품을 파는 행사는 일출 때가 피크 타임이라고 한다.

판매자가 준비를 마치고 동이 터서 행사장 문이 열리면 동시에 모두가 일제히 보물찾기를 시작한다.

바이크 부품의 인터넷 판매가 보급된 요즘에도 여전히 희소한 부품을 입수하는 방법으로는 개인 간에 양도와 판매가 큰 점유율을 차지하기 때문에, 거기서는 때로 일반적인 유통 경로에는 나오지 않는 물건이 거래된다.

오늘 스와프 미트에 가기로 결정했을 때 레이코는 새벽에 도착하기를 주장했지만 코구마는 오후 시간에 참가하기를 희망했다. 심야에는 대형 트럭의 동맥인 국도 20호선을 초보자인 시이가 달리기에는 쉽지 않고, 코구마 본인도 한밤중에는 국도를 달려도 즐겁지 않았다.

결국 시이가 코구마에게 동조해서 2대 1로 레이코가 졌다. 일반차가 많은 국도의 흐름이 그렇게 빠르지 않고 혼잡하지도 않은 일요일 오전 시간을 사용해 현지까지 달리기로 결정했다.

레이코가 코구마의 제안을 순순히 승낙한 데는 이유가 있다. 스와프 미트에는 피크 시간이 한 번 더 있기 때문이다.

이른 아침에 개장하는 대신 오후에도 일찌감치 종료하는 스와프 미트는 끝나갈 때가 되면 덤핑 판매가 일어난다.

오후가 지나면 행사장에는 팔고 남은 물건을 가지고 돌아가느니 차라리 헐값에 팔아치우려는 모습을 곳곳에서 볼 수 있다. 게

다가 스와프 미트에 쓰지 않는 물건이나 재고를 팔러 온 참가자 역시 다른 참가자에게 물건을 사기 때문에 올 때보다 갈 때 짐이 더 많아지는 사람도 적지 않다.

코구마 일행이 행사장에 들어선 시간에는 이미 곳곳에서 가격표를 바꿔서 다는 중이었고, 레이코는 금방이라도 뛰쳐나갈 기세였다. 시이도 물욕에 사로잡힌 표정이었다.

사가미호수 스와프 미트에서는 바이크 부품이 중심이지만 수입잡화도 곳곳에서 판매했다. 바이크 라이더 중에도 외국 차나 외국차 느낌의 일본차를 타는 사람은 바이크뿐 아니라 옷이나 생활용품도 바이크와 같은 나라의 것을 구입하는 사람이 많은데, 그러한 물건들은 종종 집에서 유한한 수납공간과 가족의 압박 등의 이유로 판매나 처분 대상이 된다.

카시오 F91W 디지털 손목시계를 본 코구마는 셋이 각자 자유행동을 하자고 제안했다. 레이코는 곧바로 달려 나갔다. 시이도 처음에는 행사장에 모인 바이크 라이더 집단에 주눅이 들어서 행사장을 어슬렁어슬렁 걷는 코구마의 팔을 놓으려고 하지 않았지만, 중간쯤에 있는 노점에 진열된 세리에A 상품 앞에서 걸음을 멈추더니 그대로 컨베이어벨트에서 이탈되듯이 코구마에게서 떨어졌다.

혼자가 된 코구마는 개인 출품 공간을 한동안 둘러보았다. 커브 부품과 의류 등 눈길을 끄는 물건이 없지는 않았지만 이번 달은 외식으로 지출이 많았음을 떠올리고 자중했다.

기업 부스로 간 코구마는 행사장 한정 특별 가격으로 파는 상품을 보며 여기까지 오는 동안 자신의 커브에 느낀 아주 사소한 불만을 떠올리고 어떤 물품으로 손을 뻗었다.

엔진 점화 플러그다. 레이코는 장기소모품 중 하나라고 했지만 코구마의 커브에는 아직 교환하기 너무 이른 부품이다. 하지만 어쩌면 이 플러그를 기존보다 비싼 등급으로 바꾸면 고회전에서 조금 더 엔진에 활기가 생기지 않을까 싶었다.

플러그 매장에 놓여 있는 적합표로 자신의 커브에 맞는 플러그를 찾다가 그중에서도 비싸고 성능이 우수해 보이는 이리듐 플러그를 집었다.

가격을 보니 평범한 플러그에 비해 나름 비싸지만, 예전에 흥미가 생겨서 인터넷 사이트에서 알아봤을 때보다 가격이 쌌다.

코구마는 그 이리듐 플러그를 샀다. 여기까지 온 가치가 있었는지 어떤지는 돌아갈 때 달리면서 알게 될 것이다.

조금 더 행사장을 둘러보니 예전에도 살까 하고 검토했던 사이클링 컴퓨터라고 하는 로드레이스 자전거용 디지털 미터기가 있었다.

슈퍼커브의 심플한 미터기는 보기 쉽고 사용하기 편리하지만, 거리계에 수치를 0으로 돌리는 트립 미터가 없는 게 조금 불편했다. 휘발유 잔량을 알려면 대략적으로 표시되는 연료계보다 주행

거리로 보는 게 확실하다는 것은 경험으로 알고 있다.

대형 바이크에 다는 추가 미터기는 나름 가격이 나가지만 커브 속도 영역이라면 자전거용 미터기로 충분하다. 원래 달려 있는 미터기 표시 상한인 60킬로미터보다 높은 속도도 정확히 잴 수 있을 것이다.

불필요한 쇼핑이 아니라고 생각한 코구마는 그 사이클링 컴퓨터도 샀다.

이리듐 플러그와 사이클링 컴퓨터, 데님 호주머니에 들어가는 정도로 작은 물건은 두 개에 천 엔이 조금 안 되지만 이 이상 돈을 쓰면 안 된다고 생각할 때 코구마의 휴대전화가 울렸다.

전화를 건 사람은 레이코였다. 전화를 받자마자 일방적으로 떠들어댔다.

"배고파!"

아무래도 쇼핑은 끝나자 물욕 다음으로 찾아오는 욕구를 채우고 싶어진 모양이다. 전화를 끊고 시이의 휴대전화로 전화를 걸어 보니 시이도 슬슬 점심을 먹고 싶다고 했다.

셋이서 잔디 광장에 모여 돗자리를 깔고 시이가 리틀 커브에 싣고 온 샌드위치와 보온병에 든 커피로 늦은 점심을 먹었다.

커피는 시이 아버지가 내려준 듯한 하와이안 코나였다. 시이는 마키네타라고 하는 포트형 에스프레소 머신으로 방금 내린 커피를 마시고 싶었다고 했지만 부지 안에서는 화기 사용이 금지되어 있다.

스와프 미트 분위기에 맞춰서 시이 어머니가 준비해준 두툼한 클럽하우스 샌드위치를 다 먹고 점심 세트를 정리한 일행은 주차장까지 걸어가며 서로 산 물건을 보여주었다.

레이코는 흥분해서 길이 15센티미터 정도 되는 수지 막대기를 보여주었다. 뭔가 지압봉 같이 생겼다.

"이건 쿠보탄이라고 하는데 로스앤젤레스 시경에서도 채용한 호신용 스틱이야!"

요컨대 또 한심한 장난감을 산 모양이다. 시이도 조금 전에 봤을 때는 가지고 있지 않던 노스페이스 박스형 배낭을 가슴 앞에 안고 행복한 얼굴이었다. 색깔을 보고 한눈에 반했다고 한다.

등에 져보니 튼튼한 아웃도어 상품이면서 묘하게 시이의 체격에 어울리는 하늘색 배낭을 가리키며 레이코가 말했다.

"초등학생 책가방?"

코구마는 샌드위치가 목에 걸릴 뻔했다.

(11) Four Wheels　고등학교 3학년 10월

계절이 초가을에서 한가을로 바뀔 무렵.

아마나시 현에 있는 중고등학교에서 열심히 운동회를 개최하는 일요일이다. 코구마는 조금 색다른 어른들의 운동회에 나가게 되었다.

신슈 힐클라임&다운힐 파티.

코구마가 사는 야마나시의 이웃 현인 나가노현 이다시 고갯길을 폐쇄하고 열리는 2륜과 4륜 스포츠 주행 행사다.

옛날에 산꼭대기에 어떤 장관의 별장이 있었기 때문에 국비로 포장했다는 등산로를 본 코구마는 꼭 자신의 커브로 참가하고 싶었다. 하지만 오늘은 그러지 못하는 이유가 있었다.

첫 번째는 그 레이스 이벤트 참가 조건이 OHV라고 하는 구식 밸브트레인 엔진을 탑재한 차량에 한한다는 점이다. 두 번째는 코구마가 여기에 놀러 온 게 아니라는 점이다.

코구마는 지난 주에 자신이 다니는 고등학교 운동회에서 지루하기 짝이 없는 시간을 보낸 기억을 떠올리며, 그때 입었던 체육복보다 가격이 꽤나 나간다는 화려한 페퍼민트그린 레이싱슈트를 입고 지퍼를 올렸다.

빌린 옷이라 허리가 조금 남는 심슨 레이싱 슈트로 온몸을 감싼 코구마는 작업화 같은 드라이빙 슈즈 끈을 묶고 바이크용보다 시야가 좁은 헬멧을 썼다. 코구마는 난연섬유로 된 장갑을 낀 손으로 앞으로 당분간 달리기 시합 비슷한 것에서 자신의 발이 되어줄 기계를 살짝 쓰다듬었다.

닛산 서니 트럭.

토요타 코롤라에 비견되는 실용성이 뛰어난 패밀리카면서 레이스 세계에서도 수많은 실적을 남긴 닛산 B110 서니 운송업무용 모델이다.

나중에 서니가 모델체인지 된 뒤에도 서니 트럭은 각종 육송, 유통업자의 요구에 따라 기존의 형태로 계속 만들어져 나중에 취미용 차로도 인기를 얻었다.

코구마는 고3 8월에 자동차 면허를 딴 지 아직 세 달이 채 되지 않았지만 이 서니 트럭은 많이 타서 익숙했다. 왜냐하면 서니 트럭은 코구마가 커브를 사고 나서 정비나 부품 구입으로 신세를 진 중고 바이크 가게 사장인 시노 할아버지의 가게에 있는 바이크 적재용 트럭이었는데, 이미 노인이라고 해도 좋을 시노 할아버지 혼자 운영하는 중고 바이크 가게에 드나들다가 가끔씩 일을 도와줄 때 탔기 때문이다.

요통을 앓는 시노 할아버지는 곧잘 손님의 바이크를 받아오는 일이나 정비가 끝난 바이크를 배달하는 일을 코구마에게 부탁했다. 아무렇게나 자동차 키와 손님의 주소가 적힌 종이를 건네받은 코구마가 대수롭지 않게 수락했는데, 배송할 곳이 오이타나 후쿠시마인 경우도 몇 번인가 있었다.

코구마는 그런 일이 싫지는 않았다. 도와줄 때마다 보수로 현물 지급하는 커브 부품과 라이딩 상품은 고마웠고, 시노 할아버지가 업무용 자동차라는 점을 잊었는지 곳곳에 튜닝 부품을 채운 서니 트럭을 타는 경험은 흥미로웠다. 운전학원 자동차가 탈 것이라면 서니 트럭은 입는 옷 같아서 원하는 대로 달려주는 서니 트럭으로 고갯길에서 파워 슬라이드를 하거나 직선 도로에서 급가속 하는 스포츠 주행 흉내를 내는 것도 재미있었다.

물론 코구마는 커브 운전 기술에 대해서는 나름 인정받지만, 자동차 드라이빙 테크닉에 관해서 시노 할아버지는 수수하고 화려함이 없다고 평가했다. 차량 성능의 한계를 끌어내는 주행과는 거리가 멀다고 한다.

시노 할아버지가 단단히 벼르며 참가를 고대했던 힐클라임&다운힐 이벤트에 코구마가 대타로 출전하게 된 경위는 단순했다. 출전 전 테스트 주행을 야마나시 환상도로에서 하던 시노 할아버지는 세상의 질서와 현의 윤택한 예산을 지키는 흑백 자동차에 붙잡혀 자업자득이라고 할 수밖에 없는 이유로 인생에 몇 번째인지 모를 면허정지를 당했다.

레이스 이벤트는 도로교통법을 적용받지 않는 폐쇄된 사설도로에서 열리고 JAF 공인 행사도 아니므로 경기용 라이센스도 필요 없지만, 레이스 이전에 대회장까지 차량을 몰고 오지 못하면 아무것도 할 수가 없다. 적재차를 빌릴 데도 없고 무엇보다 클럽 레이스라고 하는 아마추어 애호가가 모이는 레이스 행사라 참가자는 모두 레이스에 나가는 차를 타고 그대로 집에서 달려온다.

힐클라임에 나가기 전 차량 점검을 마친 코구마는 서니 트럭을 스타트 지점 옆에 설치된 패독에 세웠다. 원래 예선이 없는 단발승부다. 출전 순서는 대회장에 온 순서로 정해진다. 스타트 차례가 다가왔을 때는 코구마도 역시 입안이 바짝 마르며 긴장했다.

한 차례 앞서 출발한 콜벳 타이어가 내는 하얀 연기가 남아 있는 가운데 코구마는 출발선에 섰다. 4점식 안전벨트를 한 번 더 확인하고 무거운 클러치를 밟으며 기어를 1단으로 넣었다. 전방 시그널이 노란색에서 파란색으로 바뀌고 깃발이 떨어진 순간 클러치를 연결하고 서니 트럭을 급발진 시켰다.

갈지자로 움직이지도 않고 타이어 공회전도 없이 좋은 출발을 끊었다고 생각한 코구마의 시야에 첫 번째 코너가 바로 다가왔다. 코구마는 타이어와 서스펜션 한계를 탐색하며 서니 트럭을 코너로 돌진했다.

실수 없이 고갯길을 내려왔다고 생각한 코구마가 낸 타임은 참담한 수준이었다.

끝에서 네 번째라는 화제에 오르지도 못하는 순위로, 코구마보다 느린 차는 자동차도 탄 사람도 달리는 게 신기한 수준의 고물밖에 없었다.

레이스 전에는 시니어 세대가 많은 참가자 중에서 드물게 현역 여고생이 출전했다며 주변에서 예뻐해 주었고 자동차 잡지 취재까지 왔는데, 골인한 다음에는 손바닥 뒤집듯 반응이 차가웠다.

코구마가 탄 서니 트럭은 고성능에 레이스 실적도 풍부한 구미 차량에 유일하게 대항할 수 있는 일본산 OHV 차량이라 기대를 받았던 모양이다. 다른 차들은 하나같이 구 센추리나 레오네 등 힐클라임에는 적합하지 않았고, 코구마의 서니 트럭처럼 기대를 받았던 벨렛 GT는 대회장까지 오는 길에 엔진이 망가져 출전조차 할 수 없었다.

딱히 칭찬받고 싶었던 건 아니지만, 명기 닛산 A10 엔진의 이름에 먹칠한 사람 취급을 받고 코구마는 완전히 의욕을 잃었다.

아직 레이스는 이 다음에 예정된 내리막길 다운힐이 남아 있지만 그쪽은 그냥 설렁설렁 달리거나 아니면 엔진을 끝까지 돌려 망가뜨리기라도 하면 그나마 체면은 유지할 수 있을지도 모른다.

출전할 때까지 기다리는 시간. 다운힐 때 나름 긴장했던 코구마는 서니 트럭 적재함에 앉아서 지루한 시간을 보내다가 어떤 것을 시야에 담았다. 그리고 곧바로 테일 게이트라고 하는 짐칸 뒤쪽 끝의 위로 올리는 방식의 뒷문에서 일어났다.

익숙한 소리와 모양. 하지만 조금 달랐다. 코구마의 시야 끝에는 혼다 슈퍼커브 초기 모델이 서 있었다.

이번 레이스는 4륜과 2륜 공동 개최 이벤트로, 코구마의 슈퍼커브는 OHC 엔진이라 참가할 수 없었다. 하지만 모델 체인지하기 전의 초기형 슈퍼커브는 OHV 엔진을 탑재했다.

코구마는 타는 사람의 말을 전혀 들어주지 않는 이런 똥차보다 훨씬 매력적인 슈퍼커브를 향해 달려갔다.

초기형 슈퍼커브 주변에는 몇몇 남자들이 있었다. 모두 나이가 꽤 많았지만 나잇값도 못하고 고성을 질러댔다. 자동차나 바이크 관련자 중에는 그런 사람이 많은가 하고 생각하며 옆에서 이야기를 들어보니, 이 초기 커브는 4륜 다운힐이 끝난 뒤에 열리는 2륜 힐클라임에 출전할 예정인 차량이었지만 이대로는 출전 전 차량 검사를 받을 시간이 없다고 했다.

차주와 정비사는 "이제야 가지고 오면 무슨 소용이야!" "어쩔 수 없잖아. 공장이 화재로 불타서, 아니, 화재가 아니라 폭우였지" 하고 입씨름을 하고 있었다. 어쩌면 평소에도 이렇게 서로 소리 지르는 2인조인지도 모른다.

코구마는 그들이 서로 소리를 지르다가 지쳐서 씩씩거릴 때 끼어들었다. 이 커브를 힐클라임에 참가시킬 방법이 있어요. 그렇게 말하며 코구마는 서니 트럭 짐칸을 가리켰다.

처음에는 믿을 수 없다는 표정을 짓던 커브 주인들은 지푸라기라도 잡는 심정이었는지 코구마의 제안을 받아들였다. 출전 시간이 다가오는 가운데 커브를 서니 트럭 뒤쪽 짐칸에 실었다.

정비사는 바이크를 트럭에 싣기 위해 필요한 러더 레일이라는 경사판을 가지고 오겠다고 했다. 그러나 코구마는 "필요 없어요"

하고 커브의 뒷부분을 힘으로 들어 올려 후륜을 짐칸에 올리고 이어서 앞부분을 들어 올려서 짐칸 안쪽까지 굴렸다. 신형과 구형의 형태는 달라도 자신의 커브로 몇 번이나 되풀이한 작업이다.

평소 바이크 적재에 사용하는 서니 트럭에는 바이크를 짐칸에 고정시키는 래싱 벨트도 내내 실려 있었다. 평소보다 두 배 정도 래싱 벨트를 써서 짐칸에 커브를 단단히 고정한 코구마가 서니 트럭 운전석에 앉아서 커브보다 숫자가 많이 적은 자신의 안전벨트를 매자 출발 순서가 돌아왔다.

레이스는 반쯤 포기한 기분으로 같은 커브를 타는 사람을 도와주기라도 하면 좋겠다고 생각한 코구마는 스타트 깃발이 펄럭이는 것을 보며 뒷자리에 커브를 실은 서니 트럭을 힐클라임보다 거친 클러치 워크로 출발시켰다.

미끄러질 줄 알았던 타이어가 꽉 잡히고 코구마의 몸이 버킷 시트 등에 달라붙었다. 처음 코너가 다가왔다. 생각해 보면 힐클라임 때는 여기서 진입을 느리게 하는 바람에 후륜구동차의 무기인 드리프트를 쓰지 못했고, 첫 코너부터 마가 꼈는지 이후에도 정교한 주행을 못했다.

이번에는 이 짐만 시간 안에 맞춰 도착시키면 되니 기합을 넣고 달릴 필요도 없었다. 코구마는 그렇게 생각하며 서니 트럭 앞바퀴를 코너 정점보다 안쪽으로 밀어 넣으며 액셀을 밟았다.

한계가 온 뒷바퀴가 흐르기 시작했다. 그대로 뒷바퀴가 미끄러지도록 두고 코너 출구에서 타이어가 그립을 되찾은 순간에 맞춰 액셀을 밟았다. 서니 트럭은 차의 무게가 앞부분에 쏠려 있어서 내리막길에서는 뒷바퀴 접지가 약하다. 코너링에서 빠져나가는 능력은 기대하지 않았는데, 서니 트럭은 예상 외로 토크를 발휘해 코너를 벗어났다. 잘했다고 생각한 코구마가 순간 룸미러를 보자 뒤쪽에 실린 슈퍼커브가 비쳤다.

이 물건 덕분에 중량 배분이 좋아졌을 것이다. 코구마는 동급생 에니와 시이의 어머니가 하던 말을 떠올렸다. 쉐보레 트럭을 타는 시이 어머니는 쉐보레로 고갯길을 달릴 때는 뒤에 모래자루를 싣는다고 했다.

그 후에도 양호한 드리프트와 탈출 가속으로 코너링을 되풀이한 코구마는 힐클라임 때보다 잘 달렸다는 확신을 안고 골인 지점으로 들어왔다.

코구마가 느낀 대로 타임은 좋았다. 표창대는 아쉽게 놓쳤지만 일본차의 자존심을 지키는 역할은 해냈다.

관객들은 다시 손바닥을 뒤집으며 코구마를 칭찬했다. 코구마가 서니 트럭 짐칸에 실은 슈퍼커브도 기슭에서 기다리던 라이더 손에 무사히 전달할 수 있었다.

결국 입상하지는 못하고 중상이나 중하 정도의 기록을 낸 코구마에게는 관객 투표에 의한 특별상이 수여되었다. 그밖에도 선전한 사람은 있었지만 코구마는 관전 편의성과 사진 찍기 좋다는 등의 이유로 관중이 모이는 갤러리 코너에서 가장 화려한 코너링을 선보였다는 이유였다.

레이스 이벤트와 표창식이 끝난 뒤의 샴페인 파티에서 코구마는 주변에서 끊임없이 따라주는 지역 특산품 애플사이다를 맛보았다.

초기형 슈퍼커브 주인들도 고맙다고 한 번 더 인사했다. 코구마 덕분에 출전할 수 있었던 힐클라임 주행에서 강적으로 여겨졌던 할리 군단은 평균 연령 68세라는 점이 발목을 붙잡아서 바이크가 아닌 다른 쪽에서 기계적 결함이 빈발했다. 마찬가지로 힘든 상대였던 카와사키 W3은 차주인 아버지가 시켜서 억지로 참가한 열두 살 꼬마였기 때문에 커브는 압도적으로 좋은 성적을 기록했다고 한다.

시각이 오후에서 저녁으로 넘어가기 전에 코구마는 파티를 중간에 빠져나와 돌아갔다. 이다음에 야마나시로 돌아가 레이코와 공구를 사러 가기로 약속했고, 월요일에 제출해야 하는 숙제를 아직 한 줄도 하지 않았다.

산에서 내려와 사유지 게이트를 통과한 코구마는 신호 대기 하는 동안 뒤를 돌아보았다. 그 산에서 자동차와 바이크, 그리고 사람들이 내는 떠들썩한 소리가 들려오는 기분이었다.

차를 좋아하고 바이크를 좋아하고 몸만 어른이 되어버린 사람들이 다시 월요일이 찾아오면 현실과 악전고투를 벌이기 전까지의 짧고도 강렬한 경험을 공유하는 공간. 코구마도 분명히 그곳에 있었다.

“역시 좋구나.”

신호가 파란불로 바뀌었다. 코구마는 서니 트럭을 출발시키며 꿈같은 시간에서 일상으로 돌아가는 길을 달렸다.

(12) 미노부에서 고등학교 3학년 11월

코구마도 야마나시에 오래 살다 보니 자기가 사는 땅에 대한 애착과 귀속 의식이라는 것이 싹트기 시작했다.

시골이라고 하지만 커브로 갈 수 있는 범위에서 필요한 물건을 구할 수 있는 호쿠토시가 꽤 마음에 들었고, 호쿠토시에 관한 좋지 않은 뉴스를 보고 마음이 괴로울 때도 있다.

니라사키와 코후 같은 호쿠토시 인근의 지자체도 생활에 필요한 물건을 입수하고 소비를 의존하는 관계라 나쁜 감정은 없었다.

합병 후에 호쿠토시로 온 코구마는 아직 단순한 편이었는데, 옛날부터 살던 사람들은 더 복잡했다. 같은 호쿠토시 안에서도 구무카와무라 사람들은 하쿠슈나 키요사토에 반감이 있다고 한다.

코구마가 복잡한 감정을 느끼는 곳은 미노부였다. 목적지가 있다기보다 어딘가로 떠날 때 통과하는 마을이라고 인식했지만, 한 번은 그 마을 주유소에서 표시 가격과 비회원 현금 가격의 차이로 휘발유 값을 바가지 쓴 뒤로 무척 인상이 나빠졌다.

레이코는 커브에 휘발유를 가득 넣을 때 10엔도 안 되는 가격 차이로 평가를 결정하는 코구마를 보며 궁상맞다고 비웃었지만, 며칠 뒤 레이코도 같은 함정에 걸려서 휘발유 값을 6엔이나 더 내게 되자 한동안 미노부에 대한 욕을 퍼부었다.

"그 마을 이장은 로이 빈 판사의 자손이 틀림없어! 자기 마을을 지나가는 여행자에게서 뽑아먹을 수 있을 만큼 뽑아먹을 셈이야!"

레이코의 말은 한심하다고 생각했지만 어쨌든 그다지 볼일이 없고 딱히 대화할 일도 없는 동급생 같은 관계의 마을이다. 의식하지 않으려고 하면 피해는 없을 거라 생각했다.

둘이서 미노부에 원한을 쏟아내고 며칠이 지나지 않았을 때, 코구마와 레이코는 그 미노부를 커브로 달리는 중이었다. 다시는 바가지를 쓰지 않도록 휘발유는 집 근처에서 가득 넣었는데 거기서 가격을 보니 미노부 주유소와 같은 금액이었다.

아무래도 미노부 뿐만 아니라 현 전체의 휘발유 값이 오른 모양이었다. 누명을 씌었다고는 해도 한번 싫어진 마음은 그리 쉽게 바뀌지 않는다.

후지산을 가까이서 보며 분하지만 포장이 잘 된 길을 달리던 중에 스쿠터 한 대가 길가에 서 있는 것이 보였다. 뒷바퀴가 펑크 났는지 휠에서 벗겨져 있었다. 코구마는 그대로 지나갔다. 레이코가 코구마에게 따라붙더니 차체를 아슬아슬하게 붙였다.

인컴 통화 장치 같은 편리한 물건은 없으므로 바이크를 타면서 대화하려면 이렇게 하는 수밖에 없다. 적어도 레이코에게는 코구마처럼 '말하지 않는다'는 선택지가 존재하지 않았다.

레이코는 서로의 스텝이 닿을 정도로 접근하며 말했다.

"어떻게 할래?"

코구마는 레이코의 위험한 행동에 조금 화가 났다. 자신도 레이코에게 하고 싶은 말이 있을 때는 위험한 줄 알면서도 그러는 것은 모른 척했다. 코구마는 화가 섞인 말투로 말했다.

"미노부 사람을 도와줄 의리는 없어."

레이코가 코구마에게서 떨어져 속도를 올렸다. 코구마는 나쁜 예감이 들었다. 축구 미드필더는 포워드가 드리블만 해도 다음에 어디로 공을 날릴지 안다고 하는데, 레이코의 이 행동 다음에 무엇이 올지 아는 자신이 싫었다.

레이코는 차체를 기울여 한쪽 발을 땅에 대고 뒷바퀴를 미끄러뜨리며 헌터 커브를 유턴시켰다. 엇갈리며 코구마에게 말했다.

"하지만 저 바이크는 하마마츠에서 태어났어."

그대로 온 길을 되돌아가는 레이코를 눈으로 쫓은 코구마는 레이코처럼 도로를 손상시키지 않는 방법으로 커브를 유턴시켜 레이코의 뒤를 따라갔다.

스쿠터에 탄 사람은 코구마 또래의 여자애였다. 어딘가 멀리 나가는 도중인지 짐을 가득 싣고 있었다. 스마트폰을 들고 누군가에게 도움을 요청할지 어떻게 할지 망설이던 소녀는 눈앞에 멈춘 두 대의 커브를 보고 경계하는 표정을 지었다.

코구마는 갑작스런 펑크로 차체가 제어 불능이 되어 공포를 느꼈을 소녀를 진정시키고는 수리해주고 싶다고 말했다. 소녀가 승낙하자 레이코는 곧바로 펑크난 스쿠터 앞에 앉았다.

그대로 코구마와 레이코는 길가에서 수리를 시작했다. 튜브 타이어인 커브와 다른 튜브리스 타이어 수리도 타이어가 벗겨지면 펑크난 곳 안쪽에서 튜브 타이어 수리용 패치를 붙이는 수리가 가능하고, 보수한 부분의 강도는 튜브리스 타이어의 펑크 수리용 플러그보다 뛰어나다.

바퀴 림에서 벗겨냈다가 보통은 다시 끼우는 데에 고압 컴프레셔가 필요한 튜브리스 타이어를 끼운다. 그런데 코구마와 레이코가 타이어 안쪽에 오일 스프레이를 잔뜩 뿌리고 브레이크 클리너를 점화제 삼아 스쿠터 소녀가 가진 라이터로 불을 붙여 기화한 오일이 폭발하는 충격으로 타이어를 끼우는 숨은 비기를 사용하자 타이어는 문제없이 들어갔다.

레이코가 상비하는 엄지손가락 정도의 탄산가스통으로 공기를 넣고 새는 곳이 없는지를 확인하자 30분도 걸리지 않아서 수리가 끝났다. 몇 번이나 인사하고 달려간 소녀를 배웅하며 레이코는 말했다.

"역시 미노부는 싫어."

코구마는 소녀의 뒷모습을 보며 대답했다.

"땅과 물은 나쁘지 않다고 생각해."

"그러니까. 저렇게 귀여운 애가 왜 호쿠토가 아니라 미노부에서 태어난 건데."

자신이 예쁘지는 않아도 그렇게 나쁜 얼굴은 아니라고 생각하는 코구마는 레이코의 엉덩이를 걷어찼다.

(13) 어른의 책임　고등학교 3학년 12월

코후에서 퀵서비스 일을 시작한 코구마는 한 가지 알게 된 것이 있다.

어른이란 되고 싶지 않아도 자연스레 되기 마련이라, 되어서는 안 되는 사람도 어른이 되고야 만다.

코구마는 항상 아이와 어른의 차이는 책임 소재라고 생각했다.

부모에게 보호받는 동안에는 그 책임도 아이가 아니라 부모에게 간다. 부모가 없는 자신 또한 뭔가 사고를 치면 교사나 아르바이트 고용주에게 피해를 끼치게 된다.

코구마의 생각은 퀵서비스 라이더로서 세상의 수많은 어른들과 어울리고 어른과 격의 없이 일하게 된 뒤로 조금 바뀌었다.

세상에는 자신의 행동에 책임을 지지 않는 어른이 무수히 많다. 해야 할 일이 있는데 코구마가 강제적으로 책상 앞에 앉히지 않으면 일하려고 하지 않는 우키야 사장을 비롯해서, 학생에게는 용서되지 않을 정도의 숙제를 쌓아두는 어른을 많이 보았다. 코구마는 어른의 책임이란 무언인지 종종 고민하게 되었다.

그 한 가지가 눈앞에서 일어나는 소동이었다.

세밑이 다가오는 어느 날의 이른 아침. 퀵서비스 업무용 바이크인 VTR을 탄 코구마는 후지산 근처인 시즈오카현 고텐바시에 있었다.

업무 내용은 단순했다. 고텐바에서 코구마가 사는 곳에 가까운 니라사키까지 물품을 배달하면 끝나는 일이다. 니라사키역 앞 쇼핑몰에서 열리는 어린이용 히어로 연극에서 필요한 인형탈 제작이 예정보다 늦어져서 연극 당일 아침에 퀵서비스로 배달하게 되었다. 그 직원의 변명 같은 해명에 따르면 어뮤즈먼트 업계에서는 곧잘 있는 일이라고 한다.

거리는 조금 멀지만 히가시후지고코도로와 추오자동차도를 타면 가는 길 대부분은 고속 주행이다. 이른 아침 후지산 근방의 가혹한 추위를 제외하면 그다지 어려운 일은 아니다. 그렇게 생각하며 물건을 받으러 갔더니, 조형회사 직원들은 코구마를 보자마자 인간의 수명이 끝났음을 알리는 존재가 나타나기라도 한 것처럼 여고생에게 무례하기 짝이 없는 반응을 보였다.

퀵서비스 물품을 의뢰하는 고객은 언제나 급박한 상황에 처해 있다. 배송할 물품 준비가 아직 되지 않은 경우도 종종 있다. 하지만 이들이 당황한 모습은 지나치게 꼴사나웠다. 예전에 고등학교 문화제에서 문제가 발생했을 때가 떠올랐다. 그때는 아직 실행위원이었던 에니와 시이를 필두로 반 아이들이 모두 사태를 해결하기 위해 힘을 모았다. 그래서 문화제에는 관여하지 않겠다고 정했던 코구마와 레이코도 어울리지 않게 도움을 주게 되었다.

역시 아이들이 보고 좋아하는 물건과 관련된 일에 종사하는 사람은 사고방식까지 어린애 같아지는 걸까. 코구마는 라이딩 재킷

소매를 걷고 카시오 디지털시계를 보았다.

의상은 쇼핑몰 개점 시간까지 가져가야 한다. 연극은 오후에 시작하지만 개점 시간에도 고객 앞에 모습을 드러낼 예정이었다.

제한 시간이 다가왔을 때 간신히 작업을 마친 듯한 직원이 아직 용제와 접착제 냄새가 남아 있는 의상을 담은 봉투를 내밀었다. 이야기로 들었던 것보다 물건은 작고 가벼웠다.

"히어로 의상은 완성됐으니 일단 이것만 가져가요! 괴수 탈은 오후에 도착해도 되니까 미안하지만 배달이 끝나면 한 번 더 여기로 와줄래요?"

초등학생이 숙제가 밀렸을 때 곧잘 써먹는, 제출 기한이 빠른 것부터 내는 방법을 어른이 되어서까지 하는 사람이 있을 줄은 몰랐다.

코구마는 급송 요금은 왕복한 만큼 다 받는다고 확인했다. 가끔 시간까지 물품 준비가 되지 않은 것은 나 몰라라 하고 약속한 내용의 물품을 다 보낼 때까지 몇 번을 왕복하더라도 한 회분의 요금밖에 못 준다고 우기는 골치 아픈 고객도 있다. 그럴 때는 자기한테 넘기라고 우키야 사장은 말했다. 우키야 사장은 그런 고객의 의뢰를 단호하게 거절한다. 적어도 야마나시 현에서 우키야 사장이 거절한 고객의 물품을 배달하는 퀵서비스 관계자는 없다.

눈앞에 있는 조형회사 직원은 그 정도로 어리지는 않은 건지,

히어로 의상과 괴수 인형탈을 따로 전표를 끊어주었다. 그리고 코구마에게 물었다.

"지금부터 니라사키에 가면 언제까지 돌아올 수 있죠?"

여기서 니라사키까지 100킬로미터 정도의 거리를 머릿속으로 계산한 코구마는 충분히 여유를 잡고 대답했다.

"네 시간 정도예요."

뒤에서 이야기를 듣던 직원의 안도한 분위기가 전해졌다. 아직 미완성인 괴수 인형탈을 완성할 때까지의 시간제한은 앞으로 네 시간밖에 없다. 하지만 이 어른들은 아직 네 시간이나 있다고 생각했다.

책임감이 결여된 어른이 만든 불완전한 물품을 VTR 리어박스에 실은 코구마는 하다못해 자기만큼은 책임을 가지고 일을 완수하기 위해 니라사키로 달렸다.

고텐바에서 히가시후지고코도로를 타고 추오자동차도를 경유해 니라사키 나들목까지 갔다. 고속도로 이동이 중심인 고텐바와 니라사키 왕복은 생각보다 쾌적했다.

흐렸던 지난밤이 건조하고 화창한 날씨로 돌아선 덕분인지, 코구마가 걱정했던 방사냉각에 의한 노면 동결이 보이지 않았다. 회사에서 대여한 퀵서비스 업무용 라이딩 재킷의 방풍, 방한성도 좋았고, 다이애나 왕세자비와 에베레스트 등산대도 애용한 다마르 방한 속옷이 아주 뛰어났다.

약 세 시간 정도 지나 예정보다 빨리 고텐바로 돌아오니, 아니나 다를까 작업은 아직 끝나지 않았다. 일단 조형회사를 나온 코구마가 근처에 있는 편의점 취식 공간에서 추운 날씨의 주행으로 꽁꽁 얼어붙은 몸을 데우는 커피와 열량을 보충하는 도너츠를 먹고 있는데 스마트폰에 작업 종료 연락이 왔다. 예정된 네 시간보다 많이 늦은 시각이었다.

괴수 인형탈이 필요한 히어로쇼가 개최되는 시간이 다가오고 있었다. 조형회사 직원이 걱정스럽게 "시간 안에 도착할까요?"라고 물었고, 코구마는 출발 시간으로 예상되는 당연한 대답을 했다.

"어떻게 될지는 모르지만 일단 가볼게요."

코구마는 VTR 타이어 소리와 함께 달려 나갔다. 약속 시간에 늦어도 그것은 작업이 늦어진 조형회사의 잘못이지 자기 탓이 아니다. 고텐바에서 뻗은 히가시후지고코도로를 달리던 코구마는 추오자동차도로 이어진 분기점으로는 들어가지 않고 고속도로에서 내렸다.

추오자동차도를 경유하는 길은 흐름이 빠르고 쾌적하지만 오츠키시 부근까지 크게 에두른다. 여기서 국도 137호선을 타고 미사카 고개를 넘으면 거리를 크게 좁힐 수 있다. 늦을지 모르는 물품을 제 시간에 배달할 수 있을지도 모른다.

작업이 늦어져서 자신의 책임을 완수하지 못한 사람들이지만, 그런 그들이 마지막까지 납기를 맞추려고 노력한 물건을 맡았으니 이쪽도 최선을 다해야 한다.

니라사키에 도착한 코구마는 괜히 조급해지기만 해서 달릴 때는 보지 않으려고 했던 시계를 봤지만 역시 히어로 연극 개최 시간에는 맞추지 못할 듯했다.

쇼핑몰 일반 주차장과는 별개의 물품 반입용 공간에 VTR을 세운 코구마는 스마트폰으로 연극 관계자에게 연락했다.

통화 상대는 코구마에게 지금부터 말해주는 곳까지 바로 오라고 했다.

옥외 행사장에서 열리는 히어로 연극은 성황을 이루는 듯했다. 다섯 히어로가 달려들어 나쁜 괴수를 공격하고 있었다. 괴수는 말했다.

"이제 곧 내 충직한 부하가 새로운 무장을 갖추고 나타날 거다. 반드시 올 거야. 그때는 네놈들 한 놈도 남김없이 먼지로 만들어줄 테다."

코구마는 VTR로 객석 통로를 지나 무대 앞에 도착했다. 아이들의 시선이 쏠렸다. 코구마는 헬멧 실드를 얼굴이 보이지 않는 미러스모크로 바꿔둔 것을 감사했다.

달리며 리어박스의 잠금장치를 푼 코구마는 VTR의 프런트 브레이크를 힘껏 잡았다. 기세등등한 말과는 반대로 살려달라는 눈으로 코구마를 보는 괴수 바로 앞에서 뒷바퀴를 들어 올리는 화려한 잭나이프로 VTR을 급정거했다. 그 기세에 뚜껑이 열린 리어박스에서 안에 든 물품이 튀어나왔다.

코구마가 팔을 돌려 잡아서 괴수에게 던졌다. 괴수는 무대 위에서 인형탈을 입더니 머릿수만 믿고 정의의 몽둥이로 이질적인 존재를 마구 공격하는 히어로들에게 역습을 가했다.

아이들이 코구마와 VTR을 보고 "이놈도 악당이야! 나쁜 사람이야!" 하고 외쳤다. 코구마는 기대에 부응하기 위해 VTR 뒷바퀴를 공회전시켜 회전하고는, 이번에는 앞바퀴를 들어 올리는 윌리 주행으로 무대에서 멀어졌다.

솔직히 이런 곳에서는 빨리 나가고 싶었다. 게다가 이제부터 또 고텐바로 가서 쇼핑몰 폐점 시에 나눠주는 판촉용 장난감을 가지러 가야 한다.

세상에는 자신의 책임을 다하지 못하고 정의의 사자에게 처단당해야 하는 어른이 수없이 많다. 코구마는 그런 사람은 되지 않겠다고 결심했지만, 누구 편이냐고 묻는다면 자신에게 바이크가 그렇듯 세상이 부여한 의무와 사회도덕보다도 소중한 것을 가진 사람 편이라고 생각했다.

(14) 라이딩복 고등학교 3학년 12월

코구마는 같은 반 아이에게 기묘한 부탁을 받았다.

고등학교 3학년 겨울방학, 연말이 다가오는 어느 날 코구마의 스마트폰에 최근에 등록한 번호가 표시되었다.

발신인은 평소 그다지 대화를 나누지 않는 동급생이었다. 며칠 전 시험 휴일 때, 고등학교 근처에 있는 온천 시설에서 열린 기말시험 뒤풀이에서 반쯤 형식적으로 전화번호를 교환했다.

내일 시간이 있으면 산에 가자는 부탁이었다.

등산을 좋아해서 동네 아이들과 함께 등산 동호회 활동을 하는 그녀는 내일도 고등학교 뒤쪽에 있는 나카야마라는 표고 800미터 정도의 산에 오르는 초등학생들을 돌봐줄 예정이었는데, 같이 가기로 한 친구가 독감에 걸려 못 가게 되었으니 코구마에게 와달라는 이야기였다.

왜 별로 친하지도 않은 자신에게 부탁하는 걸까 싶었지만, 그녀는 코구마가 올해 여름에 레이코와 함께 후지산에 오른 이야기를 어딘가에서 들은 모양이었다.

아마도 그녀가 들은 이야기에는 가장 중요한 정보가 빠져 있었을 것이다. 코구마는 후지산 등산이라고 해도 커브를 타고 등정했다고 말했지만, 나카야마는 겨울에도 하이킹 기분으로 오를 수 있는 산이라고 주장하더니 자기 혼자 아이들을 돌보는 건 무리라며 코구마에게 자꾸 와달라고 부탁했다.

코구마는 온천 시설에서 열린 파티에서 분위기 파악을 못 하고 음료와 음식을 사지 않고 참가했을 때 그녀에게 차와 과자를 나눠 받은 약점이 있다. 에미의 경우 한 시간 정도 달려서 오르는 야트막한 산 트래킹으로 그 빚을 청산할 수 있다면 괜찮다고 생각해서 알았다고 대답하고 말았다.

스마트폰을 끊고 퀵서비스 회사의 우키야 사장에게 내일은 저녁부터 근무하겠다고 메시지를 보낸 코구마는 등산에 뭐가 필요한지 고민했다. 그 결과 가장 먼저 에미가 떠올랐지만 뵈르에 전화해 보니 집에 없었다. 예전에 코구마가 준 KLIM 방한복을 표고 3천미터 가까운 카이코마가타케에서 테스트하러 갔다고 한다. 하는 수 없어 레이코에게 전화했다.

일단 같이 데려갈 제물이라도 없으면 등산 같은 건 못 할 노릇이다.

이튿날 고등학교에서 그다지 멀지 않은 나카야마 등산로 입구로 온 코구마와 레이코를 본 동급생은 보자마자 대뜸 말했다.

"겨울 산을 얕보는 거지?"

코구마의 차림은 리 데님상하의에 스윙톱 타입의 라이딩 재킷. 발은 스케이트화에서 날을 뗀 검은 가죽 쇼트부츠. 평소 커브를 탈 때와 다르지 않은 모습이었다.

레이코도 마찬가지로 헌터 커브를 탈 때 입는 청회색 작업복 상하의에 항공재킷과 오일레더 작업화. 하이킹을 하러 왔다기보다 휴대전화 기지국이라도 수리하러 가는 모습이었다.

코구마는 대답했다.

"이게 가장 좋아."

바이크를 타는 사람은 바이크 이외의 외출 때도 똑같은 차림을 하는 경우가 많다. 바이크라는 돈 잡아먹는 벌레를 끌어안고 사느라 바이크용 이외의 옷을 살 여유가 없다는 이유도 있지만, 바이크를 타는 사람은 등산이나 탐험 때 조우하는 사태보다 혹독한, 바이크를 탈 때의 비바람을 막아주고 구를 때 자신을 지켜주는 라이딩복을 과신한다.

니커보커스 바지에 마운틴파카, 트레킹 슈즈에 날개 장식이 달린 등산모까지 쓴 동급생은 기가 막히는지 어깨를 으쓱했다.

"산에서 무슨 일이 생겨도 안 도와줄 거야. 그리고 아이들에게 모범이 되게 행동해."

코구마와 레이코를 도움이 되지 않는다고 단정하고는 곧바로 등산 준비를 하려는 동급생의 뒤를 오늘 등산에 참가하는 초등학생들이 따라갔다. 두 사람은 아무 말도 없이 코구마는 행렬의 맨 끝에, 레이코는 중간 위치에 섰다.

바이크로 여러 대씩 이어서 달리는 경험을 몇 번인가 하다 보면 그 정도는 가능하게 된다.

겨울 산이라고는 해도 정비된 등산길의 트레킹은 가는 동안 아무런 문제가 없었다. 아이들의 걸음에 맞춰서 느긋하게 오른 뒤 산 정상 근처에 있는 성터에서 점심을 먹고 하산한다.

중간에 스마트폰을 보며 산길을 걷던 아이가 미끄러지는 사고가 있었지만, 레이코가 가볍게 비탈을 내려가더니 코구마에게 로프를 확보하게 하면서 아이를 안고 올라왔다. 이래 봬도 예전에 코구마와 레이코 둘이서 임도를 달릴 때는 초등학생 한 명보다 훨씬 무거운 헌터 커브를 끌어올린 적도 있다.

구출된 아이가 질리지도 않고 또 스마트폰만 보자 동급생의 판단으로 역시나 스마트폰을 보며 걷던 레이코를 포함해 스마트폰을 몰수당했다.

무사히 하산하고 해산 장소인 등산길에서 코구마와 레이코, 그리고 오토바이 웨어를 조금 다시 본 듯한 동급생이 인사를 했다. 코구마는 말했다.

"등산, 재미있었어."

단지 지치기만 할 뿐 돈 한 푼 되지 않는 등산이 자신의 취미가 될 거라고는 생각하지 않았지만 한 가지는 깨달았다.

표고가 높지 않고 정비된 산에 한한다면 고성능 오토바이 웨어는 우수한 아웃도어 도구이기도 하다는 점이다.

옆에서 레이코가 조금 전에 올라갔다 온 산과 등산로를 돌아보며 말했다.

"이 정도면 내 커브로도 오를 수 있겠어."

또 한 가지 알고 싶지도 않은 사실을 알고 말았다. 바이크를 타는 사람은 역시 머릿속이 일반인의 기준과는 다르다는 점이다.

레이코의 말을 듣고 커브로 산길을 달리는 자신의 모습을 아주 살짝 상상한 코구마는 황급히 떨쳐내듯 고개를 가로저었다.

"진짜 바보라니까."

(15) 종업식　고등학교 3학년 12월

체육관에서 딱히 의미와 의의를 느낄 수 없는 설교를 듣고 교실에서 더 의미 없는 통지표를 받은 코구마는 주변이 평소보다 들떠 있다는 걸 깨달았다.

담임 선생님이 말하는 동안에도 몰래 스마트폰을 보거나 목소리를 낮춰 대화하는 학생들이 많았다. 이유는 알고 싶지도 않은데 코구마의 스마트폰에 표시된 광고가 알려주었다.

요일 때문에 예년보다 하루 일찍 열린 올해의 2학기 종업식은 12월 24일. 사람들이 크리스마스이브라고 부르는 날이다.

다른 학생들은 우르르 모여서 크리스마스 파티를 하자고 이야기하고 있었다. 아직 고등학교 1학년이었을 때 커브를 타지 않았던 코구마라면 그런 아이들을 곁눈으로 보며 혼자 집으로 돌아갔을 것이다.

특별한 날이라는 인식이 없다는 것은 지금도 다르지 않지만 달라진 점은 있다. 코구마는 그렇게 생각하며 종업식이 끝난 순간 코구마의 자리로 달려온 작은 친구를 보았다.

오늘 종업식에서 며칠 만에 만나는 에니와 시이는 또 조금 마른 것 같았다. 일반 전형으로 대학 진학을 노리는 시이는 딱 지금이 수험 공부에 집중할 시기라고 들었다.

"코구마! 오늘 끝나고 시간 있어?"

코구마는 살짝 미소 지으면서도 의식해서 감정을 억누른 목소리로 대답했다.

"볼일이 있어."

시이의 눈썹이 축 처졌다. 휴일에도 방에 틀어박혀 수험 공부를 하는 시이와는 요즘 한동안 학교에서밖에 만나지 않았다. 시이가 코구마에게 볼일이 있어서, 혹은 볼일을 만들어 이따금 전화할 때는 외로움을 참지 못하는 듯이 오래 통화하는 경우가 많지만 같이 놀러 가는 것은 참는 중이다.

시이는 또 다른 친구에게 말을 걸었다.

"레이코!"

코구마를 억지로 부를 정도로 적극적이지 못한 시이도 평소에는 자신이 관심 없는 것에 냉담한 코구마가 쓸데없이 호기심이 많은 레이코에게 곧잘 끌려 다니고 휘둘린다는 걸 잘 알았다.

시이는 꽤 만만치 않은 면이 있다. 먼저 레이코를 뭔가 맛있는 걸로 낚아서 코구마까지 데리고 오게 하려고 했다. 코구마는 예전에는 시이가 그러지 않았는데, 라고 생각했다. 어쩌면 그 하늘색 커브를 타기 시작한 뒤로 그렇게 변했는지도 모른다.

자신이 원하는 것을 손에 넣기 가장 좋은 도구로 커브를 사서 그 목적을 실행해가는 시이. 적어도 커브를 사기 위해 통장에 모아둔 저금을 털어 쓰는 바람에 이제는 잃을 것이 아무것도 없는 사람의 강함을 알게 되었다.

레이코는 시이의 권유에 손을 흔들어 대답했다.

"나도 이 다음에 아르바이트가 있어."

레이코는 묻지도 않았는데 자신의 스마트폰을 보여주며 설명했다.

"키요사토 현장에 있는 일루미네이션 업체에서 불러서 가봐야 해. 설비 단계에서 문제가 발생했다고 해서 급하게 케이블을 교체해야 하거든."

조금 전에도 반 아이들이 키요사토의 크리스마스 일루미네이션을 보러 간다고 이야기했었다. 반짝반짝 빛나는 물건들 뒤에는 그것을 빛나게 하기 위해 필요한 LED 전구를 장식하고 전원을 확보하고 배전을 관리 보수하는 사람이 필요하다.

시이가 불렀을 때는 그다지 관심이 없어 보이던 코구마의 표정이 움직였다. 레이코의 팔을 잡았다.

"그런 일이 있으면 나한테도 얘기를 했어야지."

임시 아르바이트. 아마도 추가 수당이 붙을 게 틀림없는 시급. 업무 내용은 경험이 없지도 않은 전기설비 관련이고 장소도 지리를 잘 아는 키요사토다. 이 얼마나 매력적인 울림인가.

"원청인 간판회사가 짠돌이라 아르바이트는 혼자면 충분하다고 했거든. 진짜 짠돌이야."

아마 원청이라고 해도 어딘가의 어뮤즈먼트 회사의 하청으로 고용된 사원에게 두 번이나 짠돌이라고 할 필요는 없다고 생각했지만, 두 번이나 짠돌이라고 한 짠돌이에게 노동력을 한 명 더 들이밀어도 어차피 인색하게 굴며 거절하거나 시급을 깎을 게 뻔하다. 아르바이트는 포기하고 자신의 볼일을 우선하기로 했다.

그리고 또 하나, 점등하지 않은 크리스마스 일루미네이션보다 중대해 보이는 문제가 코구마 앞에 발생했다.

특별한 사람과 보내는 날을 같이 보내고 싶었던 두 사람에게 거절당하고 금방이라도 울음이 터질 것 같은 시이에게 코구마와 레이코 두 사람은 얼굴을 들이밀었다.

"볼일이 끝나면 내 커브로 반드시 만나러 갈게."

시이를 안심시키려고 말한 코구마의 옆에서 레이코가 불안스럽게 중얼거렸다.

"밤까지 끝나기는 할까……."

코구마가 레이코의 뺨을 만지며 말했다.

"죽기 살기로 맞춰."

좋은 아르바이트를 빼앗긴 원한도 포함된 코구마의 박력에 레이코는 끄덕였다.

시이는 조금 전까지 지었던 비참한 표정이 거짓말이었다는 듯이 환하게 웃으며 금방이라도 목을 골골거릴 것 같은 기분 좋은 표정을 지었다. 코구마는 솔직히 이 표정의 변화를 보고 싶어서 조금 심술을 부렸다.

교실을 나선 코구마와 레이코, 시이는 주차장에서 각자의 커브를 타고 교문을 나섰다. 코구마는 레이코와 시이와는 반대 방향으로 달리며 시이가 무슨 일로 불렀는지 물어봐야 했는데 깜빡했다는 걸 깨달았다.

틀림없이 확인할 필요도 없는 일이리라. 지금의 시이에게 부족한 것, 원하는 것, 그리고 코구마와 레이코에게 줄 것이 무엇인지 정도는 안다.

코구마는 오늘 볼일을 처리하기 위해 일단 커브를 달려 자신의 집으로 향했다.

(16) 그런 크리스마스　고등학교 3학년 12월

종업식이 낮에 끝나서 행정무선 스피커가 정오 알람을 울릴 무렵 코구마는 집에 도착했다.

돌아오는 길에 커브로 갓 튀긴 전갱이튀김을 사서 샌드위치를 만들고 냉장고에서 꺼낸 포트의 재스민차를 머그컵에 따른 코구마는 한손으로 그것들을 먹으며 스마트폰을 꺼냈다.

시이의 초대를 거절한 데에는 이유가 있다. 2학기 종업식이 끝나면 그 다음은 겨울방학이고 코구마는 돌아갈 본가도 없거니와 아르바이트 예정도 없다.

연속으로 쉴 수 있는 동안에 코구마는 자신의 커브를 대대적으로 정비해두고 싶었다. 가을에 찾아온 잇따른 고장으로 부품을 많이 교체했지만 모든 소모품을 새로 바꾸지는 않았다.

동작이 잘 되는지 의심스러운 중고품으로 대충 교환한 경우도 있고 탈착 작업 중에 다른 곳이 신경 쓰였지만, 일단 당장은 움직이니 그대로 둔 부분도 있다.

학기 중에는 커브 상태가 어떻든 매일 통학과 생활용으로 사용해야하므로 정비 작업을 다음날까지 이어서 할 수 없지만, 겨울방학 중이라면 원하는 만큼 실컷 해체할 수 있다,

정비는 커브를 유지하기 위한 의무적인 작업이지만 낮에 손을 움직일 때도 식사하거나 목욕 시간일 때, 혹은 잘 때도 머릿속이

점점 바이크로 가득 차는 감각은 싫지 않았다.

일단 현재 해결해야 할 가장 큰 문제는 앞으로 3개월 안에 결정해야 하는 도쿄에서 살 집이지만, 부동산도 쉬는 연말연시에 뭔가 하려고 애써봐야 얻을 수 있는 것도 없을 터다. 그러니 먼저 살 곳을 찾아 돌아다니는 데 필요한 커브를 안심하고 달릴 수 있는 상태로 만들어야 한다.

자신에게 이런저런 변명을 하며 앞으로 보낼 알찬 겨울방학을 기대한 코구마는 전갱이 뼈를 씹으며 스마트폰을 들었다. 그리고 상대의 번호를 모른다는 사실을 깨달았다.

코구마가 전화하고 싶었던 사람은 혼다에서 주로 업체를 위해 제품 부품을 공급하는 부품판매사라고 하는 곳이다. 오늘 오후에 커브 부품을 사러 가기 위해 어제까지 정비하면서 필요한 물품 목록을 만들어두었다.

커브 유지에 필요한 혼다 순정 부품은 자잘한 소모 부품이라면 할인 가격으로 나오는 시노 할아버지 가게에서 사지만, 어느 정도 한꺼번에 모아서 부품을 살 때는 부품판매사나 인터넷에서 샀다.

이 부품은 있어도 저 부품이 없으면 여기저기 돌아다녀야 하는데, 그걸 감수하면서 시노 할아버지 가게를 통해 살 정도로 의리를 지킬 필요는 없다.

시노 할아버지도 코구마와 레이코처럼 소소한 부품 구입을 핑계로 가게 정비 설비를 차지하는 돈이 되지 않는 손님이 오면 노골적으로 싫은 표정을 짓는다. 물론 시노 할아버지가 두 사람을 달가워하지 않는 가장 큰 이유는 가게에 장식되어 있는 바이크 미니카나 프라모델, RC카 같은 장난감에 코구마와 레이코가 관심을 보이지 않아서인 듯하지만, 철야로 조색한 도장을 열두 시간 걸려 닦았다고 해도 나이도 많은 어른이 아이들 장난감을 가지고 논다는 점에는 변함이 없다.

부품판매사 위치는 이미 몇 번이나 다녀서 잘 안다. 영업시간도 영업 종료 직전에 달려간 적이 몇 번인가 있어 기억한다. 코구마가 알고 싶었던 것은 올해의 영업 마감일이었다.

부품 가게뿐 아니라 공구점, 물론 바이크 가게도 연말연시에는 쉰다. 그러므로 겨울방학에는 다른 장기 휴가와 달리 일찌감치 부품을 갖춰둬야 한다.

전화해서 물어보지 않아도 부품판매사 웹사이트에는 코구마의 스마트폰으로 접속할 수 있지만, 요란한 효과음과 함께 메뉴가 동영상으로 보이는 패스트푸드나 패밀리레스토랑 사이트에 비해 간소한 부품판매사 웹사이트에는 주소지와 개요 정도만 실려 있고 정월 등 임시 휴일까지는 나와 있지 않을 줄 알았다. 게다가 스마트폰으로 검색해서 알아보느니 전화를 한 통 거는 게 더 빠르다.

그 전화번호를 몰라서 시간을 허비하고 있다. 전갱이 꼬리를 접시에 뱉은 코구마는 부품판매사에서 부품을 샀을 때 받은 납품서에 연락처가 적혀 있는 것을 떠올렸다.

식탁 뒤에 있는 공부 책상 서랍을 열고 지퍼백 봉투에 보관해둔 서류 안에서 커브에 필요한 지출 영수증을 모아둔 자루를 꺼낸 코구마는 전갱이튀김의 마지막 한 입을 차가운 재스민차로 삼키며 자신이 하는 일을 돌아보았다.

오늘은 크리스마스이브라고 하는 날이다. 다른 학생들도 예정이 있든 없든 들뜬 분위기에 사로잡히는 때에 부품 가게 영수증이나 뒤적이고 있다니.

어쩌면 자신은 세상과 동떨어져 있는지도 모른다. 시이처럼 크리스마스 밤을 즐기려는 소녀와는 종류가 다른 생물이 되어버리면 나중에 여러모로 곤란해지지 않을까. 적어도 레이코처럼 크리스마스를 돈 버는 시기라고밖에 생각하지 않는 사람이 된다면 인간으로서 끝장이라고 생각했다.

일단 오늘 하려고 결심한 일은 마치겠지만, 하다못해 내년 이즈음에 도쿄의 대학생이 되어 있는 자신은 이런 식이 아니라 다른 크리스마스를 보냈으면 좋겠다고 생각했다. 예전에 부품을 사고 받은 납품서를 꺼낸 코구마는 재스민차가 너무 쓴 것 같은 표정을 지었다.

확실히 작년 말. 오늘과 마찬가지로 연말연시 휴일에 대비해 부품을 사고 받은 납품서에는 코구마가 알고 싶었던 전화번호도 나와 있었지만 그 위에 12월 24일이란 날짜가 인쇄되어 있었다.

1년 전 오늘부터 지금까지 코구마는 자신이 커브를 다루는 기술은 물론이고 인간관계와 생활의 질에서도 좋은 방향으로 변화했다고 믿었는데, 결국 크리스마스이브를 보내는 법은 달라지지 않았다. 내년 오늘, 자신이 뭘 하고 있을지도 알게 된 느낌이었다.

조금 풀 죽은 기력을 짜내서 코후 부품판매사에 전화해 연말 휴일을 확인한 후, 코구마는 옷을 갈아입고 커브에 올라 타 혼다 순정 라벨이 달린 자신에게 주는 크리스마스 선물을 사러 갔다.

(17) 배틀슈트 고등학교 3학년 12월

점심을 먹고 바로 집에서 나왔기 때문에 커브 보수 부품을 구입하는 일은 저녁 시간이 채 되기 전에 끝났다.

코구마의 감각으로는 평소 장을 보는 범위의 거리에 있는 코후 부품판매사에서 사무직원에게 부품 번호를 구두와 스마트폰 메모로 전달했다. 그러자 여전히 부품판매사에는 거의 없는 것 없이 준비되어 있는 커브 부품을 내주었다.

현금으로 지불하려고 돈을 꺼내려는데, 코구마가 처음 이 부품판매사에 온 뒤로 줄곧 무뚝뚝했던 여직원이 코구마와 눈을 마주치지 않고 말했다.

"익월 결제로 하시겠어요?"

내민 청구서에는 입금할 곳과 기일이 적혀 있었다. 아무래도 업무상 부품을 매입하러 오는 업체처럼 외상 판매를 해주려나 보다. 코구마는 예상치 못한 응대에 조금 놀라며 끄덕였다.

은테 안경을 쓰고 뒤로 질끈 동여맨 상한 검은 머리카락, 아주 깡마르지는 않았지만 혈색이 안 좋아서인지 박복해 보이는 사무원이 코구마를 보고 살짝 웃었다. 아직까지도 무뚝뚝한 얼굴이 미인처럼 보였다.

회색 사무복이 지나치게 잘 어울리는 직원이 준 12월 24일 날짜가 찍힌 청구서는 그런 이벤트와는 인연이 없어 보이는 그녀가 준

크리스마스 선물인지도 모른다.

코구마는 가볍게 머리를 숙이고 부품판매사를 나왔다. 신세를 졌으니 그 보답이라고 할 건 없지만 다음에 이 부품판매사에 올 때는 뭔가 액세서리라도 사와야겠다. 그러면 이번 외상처럼 편의를 봐주는 경우도 있을 것이고, 옷도 피부도 회색인 그녀에게 아주 살짝 색조를 더해줄 수 있을지도 모른다.

부품판매사 주차장에 세워둔 커브에 앉아 시계를 보았다. 시이는 저녁시간보다 조금 일찍 와달라고 했지만 아직 오후에 차를 마시는 시간도 되지 않았다.

모처럼 코후까지 왔으니 바로 옆인 카츠누마에 있는 해체 가게로 가서 중고 부품이라도 뒤져보려고 했다. 코후시와 카츠누마 사이에는 다른 지자체가 끼어 있지만 국도 20호선인 코후 바이패스를 빠져나가면 바로 카츠누마 바이패스로 접어들기 때문에, 바이크를 타는 사람의 체감 상으로 코후와 카츠누마는 옆 마을처럼 느껴졌다.

카츠누마의 프루트라인에 있는 해체 가게에 가본들 딱히 긴급하게 필요한 부품이 있는 건 아니다. 하지만 그 해체 가게에 항상 있는 루카스 영화에 나온 안드로이드 현상금 사냥꾼 같은 사장이 크리스마스를 어떻게 보내는지 궁금해졌다.

부품판매사에서 큰길로 나온 코구마는 일단 카츠누마를 향해 달렸지만 바로 반대 방향인 니라사키 방면으로 커브를 돌렸다.

지금은 부품보다 먼저 생각해야 할 문제가 있다고 이제나마 떠올렸다.

오후 볼일이 끝나고 저녁까지 한가한 시간. 시이의 초대는 틀림없이 부모님이 열어주는 크리스마스 파티일 것이다. 이 모습으로 가기에는 조금 꺼려졌다.

코구마는 30분 정도 걸려서 돌아가는 동안 시이네 집에 방문할 때 입을 복장을 고민하며 갔다. 지금까지 커브를 탈 때는 상황과 기후에 맞춰 필요한 옷을 골라 입었다. 이번에는 실용과 기능이 아니라 그럴듯해 보이는 복장이 필요하다. 그런 기준으로 옷이라는 장비를 선택한 적은 지금까지 한 번도 없었지만 크리스마스 저녁 정도는 그런 기분으로 입을 옷을 고르고 싶었다.

이것저것 고민하는 사이에 집에 도착했다. 라이딩 재킷과 데님을 벗고 샤워한 코구마는 알몸으로 책상 위에 놓아둔 손목시계를 보았다. 아직 옷은 정하지 못했다.

옷이 그다지 많지도 않다. 커브를 타게 된 뒤로 사복은 실용적인 것만 샀다. 고등학생이라면 교복이 정장인 셈이지만 교복 재킷 차림으로 가고 싶지는 않았다.

고민해도 의미가 없으니 코구마는 일단 벗은 데님 상하의를 다시 걸치고 오래 입은 빨간 라이딩 재킷을 집었다. 틀림없이 이것이 시이와 그 부모님, 그리고 에미가 원하는 자신의 모습일 터다.

탈의실 바구니에서 꺼낸 옷을 입으면 끝인 간단한 준비를 마친 코구마는 현관 앞에 놓인 헬멧을 쓰고 조금 전까지 신었던 검은 가죽 부츠를 신고 집에서 나왔다.

동지가 지난 지 얼마 되지 않아 해는 이미 저무는 중이었지만 시이네 집에 가기에는 조금 일렀는지도 모른다. 하지만 한 곳에 들르면 방문하기 딱 좋은 시간이 될 것이다.

통학할 때와 같은 히노하루 시치리이와 언덕을 커브로 내려간 코구마는 일단 시이네 집 앞을 지나쳐 조금 더 가면 나오는 곳에 커브를 세웠다.

코구마가 이 커브를 사고 이후로도 부품 구입과 정비로 신세를 진 중고 바이크 가게. 사장 시노 할아버지는 코구마가 가게 안에 들어오는 기척을 느끼고 고개를 들었다.

"지난 번에 그거 빌려주세요."

갑작스런 부탁에 시노 할아버지가 미소를 지었다.

"그래."

대답은 간단했지만 일어나서 서둘러 가게 한쪽에 있는 사물함을 여는 동작에서 기쁜 마음이 전해져왔다. 시노 할아버지는 바이크 부품과는 결이 다른 물건을 꺼냈다. 어느 쪽이냐 하면 타는 사람이 장착하는 부품이다. 검은 가죽 상하의 라이딩복이다.

일반적인 가죽옷보다 두꺼운 가죽으로 만들어진 이중 옷깃 라이더 재킷에 같은 색 가죽 바지. 어깨와 팔과 허벅지에는 미국의 미식축구 시합에라도 나갈 법한 두툼한 프로텍터가 달려 있다. 카도야 배틀슈트라고 하는 라이딩복이다.

며칠 전 코구마와 레이코가 시노 할아버지 가게에 선반 기계를 빌리러 갔을 때, 꺼내서 말리고 손질 중이던 배틀슈트에 대해 레이코가 살짝 물어보는 바람에 시노 할아버지에게 상하의 합해서 40만 엔쯤 하는 가죽옷 자랑을 질리도록 들어야 했다.

시노 할아버지는 자신이 얼마나 이 옷을 입고 위험한 주행을 즐겼는지를 당시 사진과 동영상을 같이 보여주며 설명했지만 실제로 입어보지는 않았다. 코구마와 레이코는 그 이유를 시노 할아버지의 복부 둘레에 붙은 두툼한 뱃살을 보며 대충 짐작했다.

코구마가 자신의 배틀슈트를 입어준다고 하자 아주 기분이 좋아 보이는 시노 할아버지에게서 더블 라이더 스타일 상의만 빌렸다. 저녁 식사 자리에는 조금 어울리지 않는 팔의 프로텍터를 떼자 시노 할아버지는 조금 실망한 얼굴이었다. 적당히 오래 입은 라이더 재킷 허리가 코구마에게 딱 맞는 걸 보고 더 큰 상처를 받은 듯한 시노 할아버지는 그건 이제 돌려주지 않아도 된다며 코구마를 가게에서 쫓아냈다.

늘 입어서 슬슬 모두가 질렸을 빨간 라이딩 재킷을 리어박스에 던져 넣고 배틀슈트의 두꺼운 가죽에 어울리는 튼튼해 보이는 크롬 지퍼 탭을 올렸다. 쓸려 들어간 옷이나 손가락이 찢어질 수는 있어도 지퍼 자체는 절대로 고장 나지 않을 것 같은 감각과 함께 지퍼를 닫았다.

이 클래식한 가죽 재킷과 척추나 가슴에 하이테크 소재 패드가 들어간 라이딩 재킷, 어느 쪽이 안전할지 고민했지만 결론은 정해져 있다. 자신의 몸을 산 채로 집에 데려다주는 건 자신이 구조와 약점을 잘 파악하고 있는 옷이다.

데님에 부츠에 배틀슈트. 바이크 라이더의 정장으로 몸을 감싼 코구마는 등을 펴고 가슴을 내밀며 시이네 집으로 향했다.

아마도 자신이 크리스마스 파티에 커브를 탈 때의 모습으로 오는 건 시이네 집에서도 예상했겠지만, 이 모습은 틀림없이 예상 밖일 것이다.

(18) 트와일라잇　고등학교 3학년 12월

동지가 가까워서 그런지 날이 저무는 게 코구마의 생각보다 빨랐다. 커브로 시노 할아버지 가게를 나올 무렵에는 이미 가로등과 자동차 헤드라이트가 선명하게 두드러질 정도로 어둑해져 있었다.

유럽 북부에서는 이 트와일라잇이라고 부르는 어스름의 미광이 밤늦게까지 이어진다고 한다. 그래서인지 밤새 달리는 내구 레이스가 자주 열린다.

코구마는 시이 어머니가 젊었을 때 세계 내구 레이스 선수권 WEC 레이서로서 트와일라잇 속을 질주하는 꿈을 꾸었다고 들었다. 트럭처럼 거친, 사실 레이싱 머신도 시판 실용 세단이나 트럭과 동일한 구조였던 V8OHV 포드를 타고 정밀하고 우아하고 귀족적인 페라리나 포르셰를 향해 먼지를 날려주고 싶었다고 한다.

시이 어머니가 타는 1970년대 쉐보레 트럭은 코구마도 자동차 면허를 딴 뒤로 몇 번인가 빌려서 타봤는데, 액셀을 밟는 방법을 실수하면 바로 뒷바퀴가 공회전하는 쉐비는 옛날에 품었던 꿈의 조각인지도 모른다.

코구마가 커브를 타면서 알게 된 자동차나 바이크를 좋아하는 사람들 중에는 그런 조각을 자신의 애차에 담고 타는 사람이 많았다. 코구마는 아직 젊었을 무렵의 시노 할아버지의 체형에 익숙해진 배틀슈트를 손가락으로 쓸었다.

만약 이 커브로 맨섬이나 뉘르부르크링의 서킷을 달리면 어떨까. 코구마는 도무지 어울리지도 않는 엉뚱한 곳이라고 생각했지만, 레이코는 슈퍼커브도 발매되고 한동안은 당시의 50cc 바이크 중에서 발군이었던 성능 덕분에 서킷의 단골이었다고 했다.

그렇게까지 옛날은 아닌 1980년대에도 슈퍼커브와 엔진과 프레임은 다르지만 비즈니스 용도라는 점과 차체 외관이 매우 비슷해서 커브의 형제 차종으로 취급되기도 했던 혼다 익스프레스가 스쿠터 레이스에서 절대적인 강함을 보여주었다. 그래서 익스프레스가 나오면 아무도 못 이긴다고 출전 금지를 당한 적도 있다고 한다.

시이의 집까지 가는 2킬로미터 정도의 길에서 코구마는 이런저런 생각을 했다. 틀림없이 유럽의 트와일라잇보다 성마르게 어두워지는 일본의 황혼 때문이라고 생각하며 커브를 타고 이트인 베이커리 뵈르 뒤쪽으로 들어갔다.

도난 우려가 높아 큰길에서 잘 보이는 곳에는 그다지 세우고 싶지 않은 커브를 친구 특권으로 뒤쪽 거주자용 차고에 세웠다. 시간 감각이 느긋한 레이코는 아직 오지 않았다. 틀림없이 작업도 서툴러서 아르바이트가 늦어지는 거라고 생각했다.

가게 뒤쪽에는 시이 아버지가 이것 때문에 야마나시로 이사 왔다고 하는 차고가 있다. 이렇게 별다를 것 없는 차고도 도쿄에서 빌리려면 야마나시에서 단독주택을 빌리는 수준의 임대료를 내야 한다.

차고 안에는 시이 아버지가 타는 낡은 미니와 어머니의 쉐보레 트럭이 사이좋게 나란히 세워져 있었다. 코구마는 미니의 동글동글한 펜더를 만져보았다. 시이 아버지도 어릴 때 눈길인 몬테카를로 랠리에서 미니가 대형에 고출력인 타사의 랠리카를 단숨에 누른 모습을 보고 충격을 받고 이 미니를 샀다고 했다.

조금 경박한 이유지만 산 가치는 있었는지, 경자동차보다 작은 이 차는 눈길 속에서도 가벼움과 전륜구동의 이점을 살려 사륜구동 SUV도 항복하는 언덕길을 단숨에 올라간 적이 몇 번이나 있었다고 한다.

방향은 다르지만 사고는 비슷한 부부를 나타내는 미니와 쉐보레. 차체 사이즈도 집 안에서의 발언권에 비례하는 느낌이다. 시이는 어떨까 생각했다. 시이 아버지가 모나코의 미니에, 어머니가 루 만의 포드에 동경을 품었듯, 시이에게도 커브를 타게 된 계기가 있었다면 그것은 무엇이고 누구일까.

제일 먼저 "나지" 하고 나설 녀석이 묵직하게 울리는 엔진 소리와 함께 다가왔다.

전후 타이어를 울리며 헌터 커브를 세운 레이코는 코구마가 나름대로 복장에 신경 쓴 게 한심하게 느껴질 행색이었다. 일하는 곳에서 그대로 온 듯한 블루그레이 작업복 상하의 차림이었다. 레이코는 동일본대지진 때 각지를 돌던 장관이 입었던 것 같은 작업복을 좋아해서 개인적으로도 가지고 있는데, 오늘 입은 작업복은 새 거였다. 아무래도 컬렉션이 하나 늘어난 모양이다. 아르바이트하는 곳에서 받아왔을까 아니면 훔쳐왔을까.

이미 하늘은 어둑해져서, 『달려라 메로스』였다면 이미 완전히 늦은 시간이다. 코구마는 사형을 당하는 사람이 자신이라면 레이코가 일몰에 늦지 않게 와줄지 생각해 보았다. 올지 안 올지는 모르지만 레이코라면 코후시를 기준으로 정해지는 야마나시현 일몰시간과 실제로 호쿠토시에서 해가 저무는 시간과의 오차를 이유로 투덜거릴 것이다.

조금이라도 외모를 가다듬기 위해 헌터 커브에서 내린 레이코의 작업복에 손을 뻗어 옷깃을 바로잡은 코구마는 일단 지금 가장 중요한 사항만을 물었다.

"가지고 왔어?"

"당연하지!"

시이의 부모님에게 초대 받은 크리스마스 파티에는 시이가 전달한 규칙이 있었다. 뭔가 선물을 하나 가지고 오는 것이다. 뭘 가지고 올지도, 누구에게 줄지도 자유다. 코구마는 일단 선물을 준비하고 레이코에게도 당부해 두었다. 그건 잊지 않았나 보다.

둘이서 가게 앞으로 돌아 나와 대관 팻말이 걸린 뵈르의 문을 열자 눈앞에 시이가 있었다. 엔진 소리로 코구마가 온 걸 알고 기다리고 있었나 보다.

커브를 타다 보면 다양한 종류의 엔진이 달린 기계가 내는 소리 중에서 자신이 아주 잘 아는 소리가 하나 생긴다. 거리에서 커브 소리를 들으면 자연히 몸이 반응한다. 그것만으로 신문이나 우편물이 왔을 때 '자신의 커브를 누가 훔쳐갔다'고 당황했다가 손질이 엉망인 체인 소리에 자신의 커브가 아니라고 깨닫고 안도한 적도 있지만.

"본 나탈레! 코구마, 레이코!"

크리스마스 디너가 준비된 저녁. 투니카라고 하는 로마풍 관두의 차림으로 두 사람을 맞이한 시이를 본 코구마는 벌써 첫 번째 음식을 받은 기분이었다.

(19) 시이네 집　고등학교 3학년 12월

시이가 이날을 위해 준비했을 새빨간 투니카는 아무래도 사이즈부터 자신의 체형을 너무 쉽게 봤던 듯했다.

영화 벤허의 찰턴 헤스턴이 입으면 아주 잘 어울릴 듯한 빨간 자루 같은 천을 뒤집어쓰고 구멍으로 머리와 팔을 내밀었다. 허리를 끈으로 묶었을 뿐인 심플한 옷은 사이즈가 너무 커서 무릎 길이로 설계되었을 투니카 자락이 바닥을 쓸 정도로 남아돌았고, 칠칠치 못하게 활짝 벌어진 목과 양팔이 나오는 구멍을 보고 있자니 맨살에 직접 입은 것 같았다.

코구마는 가게를 대관한 날이 아니라 일반 영업을 할 때 이 모습으로 있으면 가게에 손님이 몰려들겠다고 생각했지만, 얇은 옷감 너머로 보이는 시이의 발달이 더딘 몸매를 볼 때 올 손님층은 한정되어 있을 것이다.

예를 들어, 자신의 옆에서 "시이 귀여워!" 하고 끌어안는 바람에 고양이가 진심으로 거절하는 것처럼 시이를 질색하게 만드는 레이코 같은 사람이라든가.

새끼 고양이 같은 시이가 도움을 청해서 코구마가 레이코의 목덜미를 잡자 레이코는 조금이나마 얌전해졌다. 이쪽도 고양이 같지만 레이코는 상점가나 주택가에서 사람과 마주쳐도 도망가지 않고 자신의 진로를 양보하지도 않는 넉살 좋은 길고양이다.

빨간 투니카가 조금 흐트러지고 숨이 가빠진 시이가 코구마와 레이코를 뵈르 안으로 안내했다.

밖에서 본 뵈르는 크리스마스라기엔 수수하고 작은 월마 나무가 장식되어 있을 뿐이었지만, 가게 안은 화려하고 요란한 크리스마스 일루미네이션으로 장식되어 있었다.

눈앞이 번쩍번쩍하는 전구 장식을 보며, 에디슨이 발명한 백열 전구보다 저렴하고 전력 소비도 적은 데다 열을 발생시키지 않는 LED 전구의 보급은 좋기도 하고 나쁘기도 하다고 생각했다.

크리스마스 같은 때의 일루미네이션 장식은 시작하면 멈출 줄을 모르고 점점 늘어가기 일쑤다. 필요한 재료도 설치 방법도 인터넷이나 통신판매로 쉽게 구할 수 있다. 코구마는 시이의 에스프레소 머신까지 번쩍번쩍 빛나자 조금 울렁거릴 것 같았지만 그런 것에서 기쁨을 느끼는 사람이 있는 것도 사실이다. 일반 전형으로 대학교 진학을 목표하는 시이는 지금까지 반짝거림이나 윤택함과는 거리가 먼 방에서 묵묵히 수험 공부를 하고 있었고, 이 크리스마스가 끝나면 막바지 스퍼트가 시작된다.

시이뿐만 아니라 평소에는 일하느라 힘든 사람들에게 활력을 주기 위해 이 비현실적인 일루미네이션이 필요한지도 모른다. 적어도 LED 전구는 죄가 없다. 슈퍼커브도 신 모델은 헤드라이트에 LED를 장착했다. 코구마의 커브도 전구가 자주 꺼지는 미등은 LED로 교체했다. 화려한 걸 좋아하는 레이코는 미터기 일루미네이션을 파란 LED로 교환했다고 한다.

"메리 크리스마스!"

"프뢸리헤 바이나흐텐!"

가게 안에서 시이 아버지와 어머니가 영어와 독일어로 크리스마스를 축하하는 말을 했다. 코구마는 초대에 감사를 표하며 인사하고 레이코의 머리도 같이 눌러서 숙이게 한 뒤, 시이의 안내를 따라 가게 안의 이트인 스페이스에 착석했다.

그 공간에 있는 테이블 네 개를 모두 붙인 특설 파티 테이블에는 크리스마스 디너가 차려져 있었다. 코구마는 눈앞의 진수성찬을 보고 시이 아버지를 보았다. 시이 아버지는 자랑스럽게 가슴을 내밀었다.

유럽 알프스풍 가게지만 시이 어머니가 이트인 스페이스를 미국 다이너 분위기로 통일했기 때문에 코구마와 레이코가 여기서 식사에 초대받았을 때는 미국 스타일 식탁이 되는 경우가 많았다.

오늘도 코구마는 시이 어머니가 만든 칠면조와 화려한 색깔의 케이크가 나올 줄 알고 크랜베리 소스와 먹는 칠면조는 정말로 맛이 있을지 의심스러운 기분으로 왔다. 하지만 테이블 위의 크리스마스 디너는 예상과 전혀 달랐다.

아인토프라고 하는 채소수프, 호밀빵 위에 크림치즈와 함께 올려진 커틀릿, 플럼버터를 곁들인 감자, 녹색 소스가 뿌려진 소시지, 한가운데에는 애니메이션에 나오는 만화 고기 같은 돼지사태를 뼈째 며칠에 걸쳐 소금에 절인 뒤 허브를 넣고 삶은 아이스바인이 자우어크라우트라고 하는 양배추채 피클을 담은 큰 접시 위에 자리 잡고 있었다. 어째서인지 고등어구이 접시도 있었다.

평소에는 시이와 레이코를 초대한 식탁에서 시이 어머니가 시키는 대로만 하던 시이 아버지가 이번만큼은 양보 못 한다는 듯이 발언권을 주장한 것 같은 독일풍 메뉴였다. 시이 아버지는 신나서 요리 설명을 했다.

“이 소시지에 사용된 그린 소스는 일곱 가지 허브로 만들었고 괴테가 아주 좋아했어. 그리고 이 고등어구이도 일본뿐 아니라 도나우강 유역에서는 많이 먹었지.”

이야기가 멈추지 않는 시이 아버지 옆에서 시이 어머니는 “디저트는 내가 만들었으니까 안심해” 하고 말했다.

시이와 부모님도 자리에 앉고 모두 잘 먹겠습니다 하고 말하기 직전에 코구마는 시이에게 물었다.

“에미는?”

시이는 이마를 코구마의 어깨에 대고 조금 토라진 목소리로 말했다.

“코구마는 나랑 대화할 때 언제나 에미 얘기만 하네.”

코구마는 시이의 머리를 쓰다듬으며 말했다.

“에미는 나를 끌어당기는 사람이니까.”

시이는 코구마에게 자기 머리를 문질문질 비볐다.

“나는?”

평소의 시이보다 낮고 한숨이 섞인 목소리였다. 코구마가 대답을 고민하는데 레이코가 시이를 끌어안으며 말했다.

"나는 항상 시이한테 푹 빠져 있는데!"

시이는 고양이가 발톱을 세우고 마구 할퀴려는 듯이 양손을 앞으로 내밀고 레이코를 떼어내려고 했지만, 레이코는 솜방망이가 스친 것처럼 기쁜 얼굴이었다.

"에미는 방에 있어. 겨울방학이 시작된 뒤로 밤이 될 때까지 자."

시이의 말이 끝나기 전에 코구마는 자리에서 일어났다.

"깨워서 데려올게."

(20) 밤의 숲　고등학교 3학년 12월

주택 겸 가게인 뵈르에는 이미 몇 번이나 온 데다 시이의 방에 들어간 적도 있지만, 코구마가 에미의 방에 들어가는 것은 처음이었다.

발밑의 간접조명으로만 밝힌 어둑한 복도에 이어져 있는 문. 시이가 직접 만든 톨페인팅 이름표가 걸려 있고 세리에A 스티커가 붙어 있는 시이의 방 옆이다.

코구마가 같은 구조지만 아무것도 걸려 있지 않은 문을 노크하기 전에 안에서 목소리가 들려왔다.

"들어오세요."

자고 있었다고는 생각할 수 없는 명료한 목소리였다. 코구마는 지금까지 열어본 적 없는 문을 열었다.

방 안은 새카맸다. 에미의 방과 인테리어에 관심이 있었던 코구마는 조금 아쉬운 기분이 들었다. 에미가 방 한가운데에 서서 이쪽을 보고 있다는 걸 알았다. 문을 연 입구에서 비쳐드는 복도의 희미한 조명을 반사하며 독수리나 매 같은 두 개의 눈동자가 빛났기 때문이다.

"밑에서 크리스마스 파티가 시작됐어."

코구마의 말에 에미는 대답했다.

"지금 갈게요."

어둠에 눈이 익숙해지자 에미가 속옷 차림이었다는 걸 알았다. 그녀가 색채나 그 기능까지도 좋아하는 오렌지색일까 하고 생각했다. 에미는 어둠 속, 코구마에게 아무것도 보이지 않는 공간에서 옷을 집어 들어 입었다.

시험 방학이 시작된 뒤로는 에미와 둘이서 대화를 나눈 적이 없었다. 코구마는 이대로 모두가 있는 가게로 에미를 데리고 가면 시시하다는 생각에 어둠을 향해 말을 걸었다.

"방학 동안 어디 갔다 왔어?"

에미는 어둑한 방에서 셔츠에 팔을 끼우며 말했다.

"어제는 짓소지 절 뒷산을 걸었어요. 그제는 쇼지가타키 폭포에 갔고요."

코구마의 예상과는 다른 대답이었다. 야외 활동을 좋아하는 에미는 아르바이트를 하며 차근차근 장비를 사서 보충하고 조금씩 활동 범위를 넓혀갔다. 에미가 말한 두 곳은 다리가 튼튼한 에미에게는 집 근처나 마찬가지인 곳으로, 어린아이나 가족들이 자연을 즐기는 산책길이 정비된 관광지였다. 에미가 원하는 산과 들의 자연과는 이미지가 연결되지 않았다.

코구마가 의아해한다는 걸 깨달았는지 어떤 색이라고 형용하기 힘든 색으로 빛나는 눈동자가 코구마를 보았다.

"문을 닫아주실래요?"

자다 깬 자신이나 옷을 갈아입는 모습을 보이는 게 부끄럽나 보다. 그렇게 생각한 코구마는 방에서 나가려고 했지만 그러면 재미가 없다. 코구마는 그대로 뒤로 손을 뻗어 문을 닫았다. 방 안은 완전한 어둠이 내려앉았다. 에미의 모습조차 보이지 않았다.

눈을 떠도 감아도 똑같은 시야 안에서 코구마는 청각에 신경을 집중시켰다. 몸이 움직이는 소리와 옷이 스치는 소리로 에미가 셔츠 단추를 잠그고 있다는 걸 알았다. 방안이 환하게 밝을 때와 다르지 않은 손놀림이었다.

“어둠의 숲에서는 발을 한 걸음 앞으로 내디딜 때마다 감각을 날카롭게 가다듬을 필요가 있어요.”

코구마는 자신의 의문을 짐작한 듯한 에미의 목소리를 듣고 대충 이해했다. 학교가 방학에 돌입한 순간 에미가 밤낮이 바뀐 생활을 하는 건 게을러서가 아니다. 틀림없이 에미는 눈을 맹금류처럼 빛내며 밤의 숲을 걷고 있을 것이다. 코구마가 커브로 멀리 나갔을 때 느끼는 것을 에미는 맨몸으로 얻고 있었다.

코구마는 눈을 감았다가 다시 떴다. 어둠 속에서 에미를 느꼈다. 아무것도 보이지 않을 텐데 청각과 피부로 에미가 눈앞에 있다는 걸 느꼈다. 눈으로도 윤곽 정도는 보이는 느낌이 들었다.

“그럼 갈까요?”

자기 앞에 있다고 생각했던 에미의 목소리가 뒤에서 들려와 코구마는 무심코 돌아보았다. 이것도 에미가 밤의 숲을 걸으면서 얻은 능력 중 하나일 것이다. 몸에서 소리를 전혀 내지 않고 코구마의 뒤로 돌아갔다. 발바닥에서 전해지는 정보에 의지해야 하는 어둠 속에서는 아주 작은 소리도 놓치지 않기 위해 발소리와 숨소리까지도 죽일 필요가 있다.

“아무것도 안 보여.”

방 출구가 어딘지조차 알 수 없어진 코구마는 에미에게 손을 내밀었다. 코구마의 손에 닿은 에미는 말했다.

“또 커브를 정비하다가 다쳤군요? 이건 일자 드라이버에 긁힌 거예요?”

여전히 에미의 모습은 보이지 않았지만 에미가 웃었다는 것은 알았다.

코구마의 손뿐만 아니라 손잡이도 보이는 듯한 에미에게 손을 잡혀 방에서 나오자, 조금 전까지 어둡기만 하던 복도가 밝게 느껴졌다. 코구마와 에미는 복도를 내려가 이미 건배 준비가 끝난 이트인 스페이스로 향했다.

(21) 아이스바인　고등학교 3학년 12월

에미에게 손을 잡힌 채 티롤풍 건물에 어울리는 두꺼운 원목으로 만들어진 계단을 내려올 때, 코구마는 빌려온 더블 라이더 재킷을 잡으며 좀 더 근사한 옷을 입고 왔으면 좋았을 거라고 잠시 생각했다.

등을 쭉 편 채 발소리를 내지 않고 걷는 에미는 남색 울셔츠에 아직 인디고가 바래지 않은 청바지를 입고 있었다. 평소에 즐겨 입는 오렌지색 옷에도 어울리지만 무인의 쪽 염색을 연상시키는 남색도 에미다웠다. 넥타이 착용이 의무인 레스토랑에서는 재킷에 타이를 매도 청바지를 입으면 입점을 거절당한다고 들었는데, 틀림없이 청바지를 입은 에미가 레스토랑에 나타난다면 영광이라고 생각하면 했지 거부하는 직원은 세상 어디에도 없을 것이다. 코구마는 오래 입은 자신의 청바지를 만졌다. 틀림없이 이것은 가게에서 쫓겨나는 청바지일 것이다.

에미는 코구마의 손을 놓고 매장과 주거 공간을 나누는 문을 열었다. 이미 자리에 앉아 있는 시이와 부모님, 눈앞의 음식을 기다리다 지친 듯한 레이코가 환호성과 함께 맞이했다.

시이는 조금 언짢은 표정으로 말했다.

"에미는 코구마 말은 잘 듣는다니까."

아마 시이도 코구마와 레이코가 오기 전에 에미를 깨우러 갔을 것이다. 하지만 그 시간은 에미가 정한 일어날 시간이 아니었다.

시이 아버지가 코구마에게 크리스마스트리 앞 상석을 권하더니 의자를 빼주었다. 에미가 그렇게 해주지 않을 거란 건 알고 있었다. 한손으로 빼면 바닥과 마찰을 일으켜 무례한 소리를 내는 중후한 의자. 에미는 자신이 쓰는 손이 막히는 행동을 좋아하지 않는다. 일단 에미가 자신과 테이블 코너를 끼고 옆자리에 앉은 것에 만족한 코구마는 시이 아버지에게 인사하며 자리에 앉았다.

모두 모였기 때문에 시이 아버지가 와인 병으로 손을 뻗으며 코구마와 레이코에게 물었다.

"레드가 좋니, 화이트가 좋니?"

코구마는 화이트 스파클링, 레이코는 레드를 희망했다. 시이 아버지가 기뻐하며 모젤과 카츠누마의 와인병을 집자 시이가 헛기침을 한 번 했다. 그는 조금 아쉬워하며 칼 융의 논알코올 와인을 골랐다.

시이 아버지가 코르크 마개를 빼려고 했다. 스파클링 화이트의 버섯 모양 코르크는 수건을 덮어 쉽게 뺄 수 있었다. 그러나 레드 와인 병은 은박 실을 소믈리에 나이프로 잘라서 여는 것까지는 좋았지만, 코르크 따개를 돌려 넣고 잡아당겨도 수입 와인에 이따금 있는 유난히 딱딱한 코르크 마개가 좀처럼 빠지지 않았다.

이럴 때 폼 잡기 좋아하는 레이코가 병을 받아들고 코르크 따개를 잡으며 코구마에게 말했다.

"잡고 있어."

코구마는 병을 양손으로 잡았다. 두 사람의 악력과 완력을 합하자 끈질기게 버티던 코르크가 간신히 빠졌다. 코구마와 레이코는 평소에도 커브를 정비하면서 그렇게 힘을 합해왔다.

꽉 잠긴 볼트를 풀거나 파손되어 고착된 부품을 파괴해 제거하거나 하는 등의 작업이 설비가 갖춰진 곳에서만 가능한 건 아니다. 아마추어 정비에서는 엔진 구동 임팩트렌치와 부품을 고정하는 바이스 역할을 사람의 힘으로 대용하는 경우가 곧잘 있다.

시노 할아버지의 말로는 바이크뿐만 아니라 자동차나 중기계, 우주선 정비 현장에서도 이따금 그럴 때가 있다고 한다. 어떤 부품을 잡으면서 해야 하는 작업을 전용 컴프레서를 쓰지 못하거나 혹은 전용 장비가 존재하지 않는 상황에서 여러 명이 모여 "영차!" 하고 해결하는 모습은 레이스 피트 등에서도 자주 볼 수 있다.

간신히 연 와인을 모두의 잔에 따른 뒤 시이 어머니가 건배를 외치자 모두 잔을 맞댔다. 레이코는 단숨에 잔을 비웠고 코구마도 스파클링 와인의 목 넘김을 음미했다.

오늘 파티의 요리를 도맡아 했다는 시이 아버지가 요리를 하나하나 설명하며 권했다. 코구마와 레이코는 커틀릿과 소시지를 수프와 함께 먹었다.

시이 부모님은 적게 먹는 요즘 소녀들보다는 육식에 대해 꽤나 왕성한 식욕을 보이는 코구마와 레이코를 기쁜 표정으로 보았다. 시이는 처음에는 채소 수프인 아인토프와 크림치즈를 바른 흑빵을 야금야금 먹었지만, 코구마와 레이코에게 영향을 받았는지 직접 만든 햄버거를 크게 베어 물고 있었다. 코구마도 조금 먹었다. 간고기가 아니라 소고기를 다진 느낌의 함부르크 스테이크는 농후한 육즙이 입안을 가득 채웠다.

에미는 피 맛이 나는 뼈가 붙은 소시지를 먹으며 자신의 몸에 에너지를 채웠다. 식품 칼로리뿐 아니라 이와 턱으로 느끼는 단단함 또한 영양소인 것처럼 소시지를 뼈까지 먹을 기세로 씹었다.

소시지에 뿌려진 허브 소스가 에미의 입술에서 떨어지자 코구마는 흑빵으로 닦아주었다. 에미는 레드와인을 한 모금 마시고 코구마에게 인사했다.

코구마는 먹는 기세는 짐승 같지만 유려한 몸짓을 잃지 않는 에미의 모습을 스파클링 와인 거품이 솟아오르는 잔 너머로 보았다.

하나하나가 메인 요리라고 해도 손색이 없을 정도로 진하고 볼륨 있는 전채가 절반 정도 사라지자 시이 아버지가 자리에서 일어났다. 그는 테이블 중앙을 차지하고 있는 오늘의 메인인 염지한 돼지고기 사태를 통째로 삶은 아이스바인을 헹켈 부처나이프로 잘랐다.

시이 아버지는 조금 전 와인 코르크를 딸 때 보인 꼴사나운 모습을 불식시키려는 듯 과장스러운 몸짓으로 사태에 칼을 댔다. 코구마는 고기 자르기는 의외로 어려우므로 실수하면 도와주려고 시이 아버지를 지켜보았다.

플란넬셔츠에 멜빵바지를 입은 캐주얼한 차림의 시이 아버지는 얼굴 아랫부분은 수염으로 덮여 있지만 얼굴은 가늘고 각각의 부위도 작아서 마흔 정도라고 들은 실제 나이보다 젊어 보였다. 베이커리 주인이지만 도시의 회사원이라고 해도 위화감이 없는 얼굴이다.

코구마의 시선을 의식한 건지, 시이 아버지는 코구마가 가게에 올 때 보여주던 일하는 모습보다 훨씬 진지한 표정으로 어떻게든 아이스바인 고기를 뼈에서 분리해냈다.

코구마는 접시 위에 중량감과 함께 담긴 아이스바인을 먹었다. 소금과 허브만으로 맛을 낸 사태는 두말 할 나위 없이 맛있었다. 코구마와 시선이 마주치자 시이 아버지는 마치 자신이 사냥을 나가 이 돼지를 잡아온 것처럼 웃었다.

(22) 엔젤푸드　고등학교 3학년 12월

독일풍 고기 요리가 테이블을 가득 채운 크리스마스 디너가 끝나가고 있었다.

코구마와 레이코는 그램 단위로는 잴 수 없을 정도로 고기를 먹었고, 시이 아버지도 두 사람이 오는 날은 평소보다 더 많이 먹는다며 불룩 튀어나온 배를 쓰다듬었다.

수험 공부를 할 때 졸리지 않도록 요즘은 배불리 먹지 않았던 시이도 오랜만에 느끼는 만복감에 괴로운 표정을 지었다. 여동생 에미는 평소와 다름없는 얼굴이었다. 틀림없이 그녀는 어떤 상황이든 자신에게 필요한 만큼만 에너지를 섭취할 것이다. 물론 그녀가 요구하는 열량은 평범한 여고생이나 성인병을 걱정하는 성인 남자보다도 훨씬 많다.

아내가 정해준 허리 29인치를 유지하기 위해 앞으로 얼마나 다이어트와 운동을 해야 할지 걱정하는 남편을 흘겨본 시이 어머니는 노란 장미 무늬 프린트 드레스를 펄럭이며 디저트를 준비했다.

저녁은 남편에게 맡겨 독일풍으로 통일했지만 디저트는 자신의 영역이라고 주장하듯 냉장고를 여는 아내와, 디저트와 함께 낼 커피에 자신의 영역을 주장하기 위해 에스프레소 머신을 조작하는 시이를 보며 시이 아버지가 말했다.

"가능하면 너희가 매일 저녁 와주면 좋겠구나."

코구마와 레이코, 그리고 시이는 앞으로 세 달 정도 뒤에는 이 지역을 떠난다.

시이 어머니가 새하얀 케이크를 자랑스럽게 내놓았다. 엔젤푸드라는 이름의 그 케이크는 달걀과 설탕, 소량의 박력분만으로 만든다고 한다.

고기 요리에 지지 않는 볼륨을 자랑하는 엔젤푸드가 코구마와 시이의 눈앞에 놓였다. 한 사람 당 홀 케이크 하나는 될 것 같은 사이즈였다. 코구마는 잘 먹겠습니다 하고 인사한 뒤, 포크를 집었다.

맛도 식감도 신기한 케이크였다. 시이 어머니가 평소에 만들어 주는 달고 향도 짙은 얼리 어메리칸 디저트와는 다른 맛이었다. 디저트 특유의 찐득함이 전혀 느껴지지 않았다.

연하고 섬세한 맛이지만 크림이나 과일 같은 장식이 전혀 없는 이유를 잘 알았다. 이 케이크는 아무것도 필요 없었고 아무것도 추가하지 않고 맛보고 싶었다.

시이가 타준 에스프레소가 잘 어울렸다. 순백의 케이크는 어딘가 시이와 닮아서 시이의 뺨을 입에 넣으면 이 엔젤푸드처럼 부드럽게 녹아서 사라질 것 같았다.

커피와 디저트를 먹으며 수다를 떠는 시간이 되자 코구마는 자신이 가지고 온 물건을 꺼냈다.

지금까지 이런 파티와 인연이 없었던 코구마가 올해 정도는 크리스마스를 축하하고 싶어서 준비한 선물이다. 레이코도 상의 호주머니에서 포장된 것을 꺼냈다. 뭐든 먼저 하고 싶어 하는 레이코가 자신의 선물을 시이에게 주었다.

젓가락집 정도의 작은 포장을 풀자 지저분한 금속 막대기가 나왔다. 원래는 은색이었다고 하는 막대기는 거무스름하다고도 누리끼리하다고도 하기 힘든 색으로 변색되어 있었다.

이 멍청이가 축하하는 자리의 선물로 뭘 가져온 건가 하고 지금 당장 레이코를 때려눕히고 싶었다. 시이도 막대기로 손을 뻗기를 망설였다.

시이 아버지가 일어나 손을 뻗어 막대기의 각인을 손끝으로 만지며 말했다.

"역시 소브라니 볼펜이구나."

시이가 금속 막대기를 만지작거리자 펜 끝이 튀어나왔다. 포장종이 뒤에 시험 삼아 써보니 아주 부드럽게 써졌다.

레이코가 의기양양한 표정으로 말했다.

"잉크가 떨어지면 심은 보충하면 되고 평생 쓸 수 있어."

평범한 볼펜보다 묵직한 은으로 만들어진 펜은 앞으로 대학생으로서 중요한 서류에 서명할 일도 늘어나는 시이에게는 가장 좋은 선물이다. 하지만 시이는 지저분해 보여서 별로 마음에 들지 않는 듯했다.

시이 어머니가 손을 내밀어 시이가 내민 펜을 잡으며 말했다.

"이건 닦으면 반짝반짝해져."

일어나 가게 뒤쪽으로 간 시이 어머니는 수건과 크림을 가지고 왔다. 시이 아버지는 "은은 그대로 두는 게 멋진데!" 하고 말했지만, 시이는 아마도 그을린 은을 좋아하는 남자의 센스를 이해하지 못할 것이다. 코구마는 조금 알 것 같은 기분이었다.

시이 어머니는 수건과 연마 크림으로 펜을 닦았다. 금속을 닦는 작업은 한번 시작하면 멈출 수 없다고 하는데 물건이 펜 한 자루뿐이라 금방 끝났고 볼펜은 거울처럼 깨끗해졌다. 스테인리스와 크롬의 번쩍번쩍한 광택이 아니라 은 특유의 은은하고 부드러운 빛이 났다.

시이는 닦은 펜을 가슴에 안고 기분이 좋아 보였다. 바리스타를 동경해서 이탈리아 브랜드를 모으기 시작했지만, 에스프레소 머신은 반쯤 가게 소유고 허리에 두르는 앞치마는 이탈리아 디자인이지만 일본제다. 소브라니 펜은 시이가 손에 넣은, 작지만 진짜 이탈리아제다.

"예전에 쇼난 스와프 미트에 갔을 때 발견하고 사뒀어. 나보다 시이가 갖는 게 도움이 될 테니까."

시이와 부모님이 인사하자 레이코는 쑥스러운 듯했다.

(23) 나다움　고등학교 3학년 12월

레이코가 선물을 주고 이번에는 코구마 차례였다. 레이코보다 많이 큰 포장을 에미에게 주었다.

누군가 한 사람에게 뭔가 한 가지 선물을 한다는 규칙을 들은 시점에서 자신이 코구마의 선물을 받을 거라고 확신했었는지 시이는 이를 악물고 분한 표정을 지었다.

"열어 봐."

선물 포장이라기에는 지나치게 수수한 갈색 종이봉투를 연 에미는 안에 든 것을 꺼냈다. 그리고 표정이 변했다.

코구마는 에미에게 호주머니가 잔뜩 달려 있는 그물 조끼를 선물했다.

에미는 산과 들을 걸을 때 서바이벌에 필요한 장비를 조끼에 넣고 다녔지만 고등학생 예산이라 낚시가게에서 산 저렴한 조끼가 내용물의 무게를 못 이겨 형태가 무너지거나 구멍이 뚫리는 것이 마음에 쓰였었다.

그렇다고 비싼 아웃도어 조끼를 사주면 물건으로 환심을 사려는 것 같아서 어쩐지 꼴사납게 느껴졌다. 에미에게 줄 선물을 찾던 코구마는 부정기로 아르바이트를 하는 의료검체 배송 퀵서비스 직장에서 호주머니가 잔뜩 달린 조끼를 입는 사람들을 만났다.

그들은 대형 퀵서비스사 라이더로 조끼와 라이딩 재킷은 그 유니폼이다. 그들에게 그 조끼에 대해 물어보니 취미용 아웃도어 레저와는 달리 퀵서비스 현장에서 혹사당하는 조끼는 매우 튼튼하고 실용적이며 몇 번이고 바이크에 탄 사람의 목숨을 지켜주었다고 한다.

코구마가 그 퀵서비스 라이더를 통해 조끼를 사달라고 부탁하자 거의 미사용 조끼를 무료로 주었다. 대가는 이쪽에서 사람이 부족해지면 일을 해준다는 조건이었지만, 새로운 생활로 지출이 많은 상황이었기 때문에 오히려 코구마에게 유리한 내용이었다. 그리고 그 정도로 에미를 기쁘게 해줄 수 있다면 아주 싸다고 할 수 있다.

코구마가 준 조끼를 당기거나 불로 그을려보며 강도와 내구성을 확인하던 에미는 합격점을 주었는지 코구마에게 머리를 깊이 숙였다. 인사는 됐으니 입어보라고 몸짓으로 표시하자 입어주었다. 역시 자기보다 잘 어울렸다.

상대방이 만족할 만한 선물을 준 코구마와 레이코에게 시이의 부모님도 선물을 준비해줬는데, 레이코에게는 파타고니아 3way 가방을 주었다.

시이 아버지가 상사에서 근무할 때 가장 도움이 되었다고 하는, 어깨에 걸칠 수 있고 등에 질 수 있고 기내에 반입 가능한 가방이다. 시이 아버지는 예전부터 고등학교를 졸업하면 세상을 유랑할 거라고 말하고 다니던 레이코에게 비행기에 탈 때 짐을 맡기는 시스템을 신용하지 않는 게 좋다고 말했었다.

시이 어머니는 코구마에게 선물을 주었는데, 닉 애슐리의 옷깃이 달린 재킷이었다.

중후한 다크 컬러 재킷은 자신에게 어울리지 않는다고 생각한 코구마는 조금 전에 여기 오기 전에 정장이라고 부를 수 있는 옷이 뭐가 있을지 고민했던 것을 떠올렸다.

고등학교를 졸업하면 교복을 정장으로 입을 수는 없다. 관혼상제나 구직 활동 등 제대로 된 정장을 입을 자리와 평소 입는 라이딩 재킷을 입는 자리의 중간 정도의 장소에 가야 하는 상황도 늘어날 것이다.

시이 어머니의 말에 따르면, 로라 애슐리의 아들인 닉은 한때 라이딩복으로 클럽에 들어가려다 거절당한 경험을 바탕으로 바이크를 탈 수 있는 재킷을 디자인해 팔았다고 한다.

코구마가 재킷 여기저기를 만져보니 확실히 바이크 풍압을 견디도록 세세한 부분까지 신경 쓴 디자인이었고, 고속도로 티켓을 넣는 호주머니도 달려 있었다.

재킷은 에미가 고른 건가 생각했는데 시이 어머니는 그렇지 않다고 했다. 다만 코구마에게 줄 선물을 고민하다가 자신의 쉐보레 트럭이라도 주려고 했던 시이 어머니에게 에미가 이렇게 말했다.

"코구마 언니다운 물건을 주세요."

코구마의 머릿속에 방에서 듣던 라디오에서 흘러나온 스팅의

Englishman In New York이 흘러나왔다.

거의 비슷하지만 어딘가 다른 언어를 쓰는, 미국이라는 가깝고도 먼 나라에 온 영국인의 심경을 이야기한 가사다.

지금까지 살아온 야마나시와 봄부터 살아갈 도쿄는 가까운 듯하지만 멀지도 모른다. 어디에 있든 자신답게 살려면 커브만으로는 부족할지도 모른다.

하지만 이 재킷이 있으면 아마 어떻게든 될 것이다.

크리스마스 디너와 선물로 만족스러운 기분을 느낀 코구마와 레이코는 두 사람을 붙잡으려는 시이와 부모님에게 정월에 또 놀러오겠다고 약속하고 커브를 타고 각자의 집으로 돌아갔다.

(24) 볼펜 고등학교 3학년 12월

코구마는 눈앞에 놓인 종이에 적힌 내용을 신중하게 확인한 뒤 사인해도 문제없다고 판단했다.

슈퍼커브를 타게 된 뒤로 작성할 기회가 많아진 각종 인허가 서류를 작성할 때의 경험 때문에 자필 서명이 가지는 의미와 그 위험성에 대해서는 잘 안다고 생각한다. 적어도 코구마가 절대로 사인하고 싶지 않은 경찰서에서 발행한 파란색과 빨간색 티켓은 사인하면 자동적으로 기재 내용을 모두 인정하는 식으로 되어 있다.

커브와의 생활보다 더 오래 함께한 가난뱅이 생활 덕분에 돈은 버는 것보다 돈을 잃지 않는 것에 민감해졌다. 그래서 코구마는 자신이 사인을 해야 하는 서류의 내용을 신중하게 검토했다.

경험상 상대가 사인을 재촉할 때는 기재 내용이 수상한 경우가 많다. 상대가 어떤 부분에 주의를 환기하면 그 이외의 곳에 주의해야 한다. 그리고 무엇보다 사인한 서류를 나누는 상대와의 신뢰 관계가 중요하다.

코구마의 눈앞에 있는 사람은 코구마가 작년부터 등록하고 다니는 의료검사회사의 사장이다. 코구마는 이 회사에서 의료검체를 집배하는 퀵서비스 일을 하며 학자금을 보충하는 부수입으로는 충분한 시급을 받고 있었다.

이번에 코구마가 코후에 있는 지사 사무소에 불려온 이유는 검사회사와 제휴한 유통업체에 파견 재적 계약을 하기 위해서다. 퀵서비스 라이더 인원이 부족해져서 그것을 보충하는 인재로 코구마가 선택되었다. 기량과 실적보다 단순히 연말연시라는 특수한 시기라 별다른 일정이 없는 사람이 적었기 때문일 것이다.

업무 내용은 평소 코구마가 커브를 타고 의료기관을 도는 코스를 달리며 검체를 집배하는, 루트 배송이라고 하는 일과 크게 다르지 않았지만 이번 일은 정해진 루트가 존재하지 않고 그때그때마다 다른 고객에게 물품을 배송하는 일이었다.

서류에 빠진 내용이 없는지 확인한 코구마는 짐을 지는 큰 가방이 필요 없는 외출을 할 때 자주 쓰는 포터 힙색에서 펜을 꺼냈다.

코구마는 외출할 때는 가방 안과 호주머니에 볼펜을 넣어 다닌다. 레이코처럼 여차할 때 무기로 사용하는 취미는 없지만, 스마트폰 기능으로 매모를 처리할 수 있다고 해도 직접 종이에 쓴 메모가 그것보다 우수한 도구가 되는 경우는 수없이 많이 존재한다.

밖에서 서류를 작성해야 할 때 빌린 펜은 도움이 안 되는 경우가 많다. 은행이나 우체국, 혹은 관공서 기입 테이블에는 펜이 비치되어 있지만 그 펜을 빌리기 위해 줄이 서야 하는 경우도 있고, 앞 사람을 기다리거나 뒷사람에게 재촉당하면 그다지 기분이 좋지 않다.

실제로 눈앞의 사장은 코구마에게 사인 받을 서류를 가지고 오면서도 펜을 깜빡하고 놓고 왔다. 코구마가 황급히 펜을 가지러 가려는 사장을 멈춰 세우고 자신의 펜을 꺼내자, 사장은 이게 바로 코구마를 파견 라이더로 선택한 이유라는 듯한 표정을 지었다. 퀵서비스, 특히 겨울에 주행할 때는 넘어지지 않기 위한 지팡이를 몇 개씩 준비해 놓는 게 좋다.

코구마는 처음부터 펜을 빌리지 않고 자신의 펜으로 서명할 생각이었다. 손에 익숙하지 않은 펜이 소소하게 잘못 쓰는 실수를 초래하기도 한다는 건 커브를 정비하는 공구를 남에게 빌렸을 때의 경험으로 배웠다.

예전에 시노 할아버지에게 필기용 펜의 주류가 볼펜이 되기 이전에 만년필이었던 시대에는 펜은 남에게 빌려서는 안 되는 물건이었다고 들은 적이 있다. 본인이 쓰는 방식에 맞춰서 마모된 펜촉이 남의 손을 타는 바람에 다른 버릇이 들면 돌이킬 수 없다고 한다.

만년필이라는 물건 자체를 만져본 적이 없는 코구마가 잘 모르겠다고 하자 시노 할아버지는 공구함에서 해머를 꺼내더니 "이거랑 똑같아" 하고 말했다. 확실히 손잡이의 휘어진 정도나 타격면의 변형을 손이 잘 아는 해머를 코구마는 절대로 남에게 빌려주지 않는다.

코구마는 서류에 사인하며 자신의 손안에 있는 펜을 보았다. 언제나 커브의 부품을 사는 부품점에서 공짜로 받은 플라스틱으로 된 노크식 볼펜이다. 코구마는 가방에 들어 있는 펜도, 방 책상에서 사용하는 펜도 받은 것을 사용한다. 시노 할아버지 가게에 가면 납품업체가 두고 간 펜이 얼마든지 있다.

기능적으로 필요 충분하고 무엇보다 가벼운 점이 마음에 들었지만 코구마는 그 가벼움이 조금 신경 쓰였다. 중요한 서류에 서명할 때는 싸구려 펜이 어울리지 않는다고 생각했다. 기입하는 서명까지 가벼워 보인다는 착각이 들었다.

그렇게 생각하게 된 계기는 레이코가 앞으로 자신의 책임 하에 중요한 서류를 기입할 일이 많아지는 시이에게 선물한 은으로 된 소브라니 펜 때문이다. 코구마도 대학 진학 등으로 서명과 서류 작성할 일이 많아질 것이다. 그러고 보니 여름에 후지산 등정으로 알게 된 바이크 잡지 편집자는 비싸 보이는 복장에 어울리는 크로스 도금 펜을 사용했다.

뭐든지 가볍다고 좋은 건 아니다. 물건에는 그에 맞는 무게도 중요하다. 티타늄과 알루미늄으로 경량화를 다투는 바이크 부품도 적정한 차체 균형을 위해 일부러 무거운 부품을 사용할 때가 있다. 크리스마스 때 잘 먹어서 자신의 몸무게가 늘어났다고 변명하는 것은 아니다.

계약서에 사인한 코구마는 볼일을 마치고 코후의 사무소를 나왔다. 그대로 커브로 추오시의 대형 고서점 계열 재활용품점으로 향했다.

며칠 전에 여기 왔을 때 눈독을 들여놓았던 펜은 다행히 아직 있었다. 피셔 스페이스 펜. 나사의 요구를 충족하기 위해 개발되어 독특한 구조로 인해 무중력 상태에서도 쓸 수 있는 펜이다. 잉크 내구성이 매우 높아 우주비행사뿐 아니라 군인이나 모험가도 애용한다.

인터넷에서 본 가십 기사에서는 미국이 막대한 비용을 들여서 우주에서도 사용할 수 있는 펜을 개발한 한편 소련은 연필을 사용했다고 하는데, 사실 소련의 우주개발국은 전도성이 강해 전자기반 사고를 야기할 우려가 있는 연필이 아니라 이 스페이스 펜이 발매된 뒤로 정기적으로 구입했다. 실제 우주선 안에서 미국과 소련의 우주비행사가 많이 쓴 것은 중력이 아니라 모세관 현상으로 잉크가 나오는 일본의 매직펜이었다고 하지만.

무엇보다 스페이스펜은 유럽 브랜드보다 아래로 취급되기 일쑤였던 미국 문구회사 전반의 가치를 끌어올리는 데에 공헌했다.

재활용품점 안에서 보석품과 고급 시계와 같은 취급을 받으며 유리 케이스에 들어 있는 스페이스펜을 직원에게 꺼내달라고 한 코구마는 그대로 구입했다. 중고지만 미사용품이 인터넷에서 본 신품 가격의 절반이라면 횡재한 셈이라고 자신에게 변명했다. 분명 퀵서비스 아르바이트가 결정되자 마음이 풀어져서일 것이다.

가게를 나온 코구마는 상자에서 꺼낸 스페이스펜을 손으로 만지작거렸다. 이 펜이 우주에서 사용되었다는 증거 같은, 스페이스 셔틀 장식을 손가락으로 만져보았다.

크롬 도금 펜대는 그 용도에 맞게 적당히 기분 좋은 무게가 느껴졌다.

(25) 렉서스 여자와　고등학교 3학년 1월

나중에 다시 생각해보면 돌아올 때 몸을 좀 녹이려고 한 게 잘못이었는지도 모른다.

코구마는 조금 성가신 일에 휘말렸다.

며칠 전, 막대기 인간이라고 부르고 있는 해체 가게 사장과 그에게 달라붙어 있는 마룬색 렉서스를 타는 여자가 펼친 기묘한 일일연속극을 맞닥뜨리고 문제를 해결하는 데에 도움을 준 답례로 갖고 싶었던 공구를 성공적으로 손에 넣은 코구마는 오랜만의 휴일에 커브 산책을 즐기는 중이었다.

합당한 가격을 지불하고 사려고 했던 공구를 공짜로 받은 덕분에 돈이 굳었다. 씀씀이가 조금 헤퍼진 코구마는 따뜻한 커피를 한 잔 마시고 싶어서 돌아오는 길 중간에 있는 패밀리 레스토랑에 들어갔다.

저녁식사 시간이라기에는 아직 조금 일러서 만석이 조금 안 되는 여유로운 패밀리 레스토랑. 직원이 원하는 자리에 앉으라고 해서 커브를 세운 주차장이 보이는 안쪽 자리로 향하자, 들어본 적이 있는 듯도 하고 없는 듯도 한 목소리가 코구마를 불러 세웠다.

"너도 차를 마시려고?"

4인 박스석에서 손을 흔드는 사람은 가능하면 다시는 만나고 싶지 않았던 마룬색 렉서스를 타는 여자였다.

차와 맞춘 건지, 아니면 어지간히 그 색을 좋아하는 건지 세련된 마룬레드색 바지정장을 입은 여자는 자신의 맞은편을 가리키며 말했다.

"여기 비었어."

코구마는 이 사람과는 그다지 얽히고 싶지 않았다. 코구마가 신세를 지고 있는 해체 가게 사장의 오랜 지인인 듯했다. 스타워즈에 나오는 살인 안드로이드 같은 외모 때문에 코구마가 막대기 인간이라고 부르고 그녀가 아이지라고 부르는 사장이 바이크 해체 가게를 하는 것을 달가워하지 않는 것은 알고 있다. 자신은 그 가게에서 자주 얼굴을 마주치는 단골손님이다. 좋은 인상을 받았다고는 생각되지 않았다.

그쪽이 이쪽을 어떤 이유로 싫어한다면 그 감정을 제거하려는 무의미한 짓은 하고 싶지 않았다. 코구마가 사람마다 다른 인상을 가지고 있는 바이크를 타면서 배운 점이다. 세상에는 바이크를 탄다는 사실만으로 십년지기 친구처럼 다가오는, 좋게 말하면 우호적이고 나쁘게 말하면 거리감이 이상한 사람이 있고 물론 그 반대도 있다. 경기 일으키듯 바이크를 싫어하는 사람에게는 이쪽도 가까이 가고 싶지 않았다. 코구마의 판단으로는 이 마룬색 여자도 바이크를 혐오하는 쪽에 있는 사람이다.

코구마는 못 들은 척하고 지나가려고 했지만 마침 점찍어 두었던 가장 안쪽 자리를 다른 손님에게 빼앗긴 데다 거의 만석이었기 때문에 어쩔 수 없이 마룬색 여자 맞은편에 앉았다. 다음부터 패밀리 레스토랑에 들를 때는 주차장에 수상한 자동차가 없는지 미리 체크해야겠다고 생각했다. 예를 들어 비도덕적으로 개조한 빨간 헌터 커브 등이다.

"실례할게요."

마룬색 여자 맞은편에 앉은 코구마는 앉자마자 호출 버튼을 눌렀다. 바쁜 척하며 빨리 커피를 마시고 자리에서 일어나면 쓸데없이 얽힐 일도 없다.

상대도 차를 마시며 뭔가 적고 있었는지 테이블 위에는 노트북을 펼치고 있었다. 옆에는 빈 컵과 먹다 만 피자가 놓여 있었다.

바로 직원이 와서 코구마가 주문하려고 했는데 마룬색 여자가 옆에서 끼어들었다.

"계산은 같이 해주세요."

이 사람에게 커피를 얻어 마실 이유는 없다. 거절하려고 했지만 마룬색 여자가 메뉴를 펼치고 고르라고 재촉해서 처음 생각했던 대로 드링크바만 주문했다.

마룬색 여자는 생글생글 웃으며 말했다.

"디저트도 먹어도 돼. 뭐, 나중에 주문해도 되니까."

무심코 얻어먹었다가는 괜히 성가셔진다고 생각했지만 어차피 해체 가게에서 가끔 얼굴을 마주치는 정도의 관계니 그다지 큰 피해는 없겠다 싶어서 짧게 인사한 코구마는 자리에서 일어났다.

"커피 타올게요."

코구마가 마룬색 여자의 컵을 들며 눈으로 묻자 마룬색 여자는 남에게 지시하는 게 익숙한 목소리로 대답했다.

"다즐링. 크림과 설탕을 넣어서."

코구마는 드링크바로 가서 자신의 카푸치노와 티백이라 쓸데없이 손이 가는 마룬색 여자의 차를 타서 자리로 돌아왔다. 코구마는 이 여자를 위해 일할 마음은 없었지만, 지금까지 만난 적 없는 부류의 사람을 어떻게 대해야 좋을지 고민할 시간이 필요했다.

결국 아무것도 떠오르지 않은 상태로 양손에 컵을 들고 자리로 돌아왔다. 마룬색 여자는 "고마워"라고 말하며 코구마가 타온 차를 들고 한 모금 마셨다. 그리고 이야기를 시작했다.

"지난번에는 정말로 고마웠어. 다시 인사할게. 소란스럽게 해서 미안해."

예전에는 대학교에서 민속학을 전공하는 우수한 연구자였다는 막대기 인간. 그가 현재 필생의 사업으로 여기는 야마나시의 풍토병 연구를 중단시키고 대학교로 데려가고 싶어 하는 마룬색 여자. 코구마는 두 남녀가 펼친 순수하다고는 할 수 없는 감정의 대립을 조율해주는 처지가 되었다.

코구마는 고개를 가로저으며 대답했다.

"소란스러운 건 늘 그러니까요."

해체 가게는 선반에 전시되어 있는 상품을 그냥 집어오는 곳이 아니다. 원하는 부품을 구하기 위해 놓여 있는 바이크를 직접 해체하거나 부품산을 올라가 파내기도 한다. 가끔 마주친 손님이 1960년대 혼다 GP 레이서를 발견하고 2만 회전 정도 공회전 시킨 적도 있었다.

코구마도 처음에는 소음기 같은 건 없는 메가폰 머플러의 고막을 찢을 듯한 소리에 당황했지만, 나중에는 보기 드문 바이크의 엔진을 돌릴 때는 해체 가게 안쪽에서 보러 가게 되었다. 당시의 레이스 업계에서는 혼다 뮤직이라고 불린 배기음이 야츠가타케에 메아리치는데 들으러 가지 않을 이유가 없었다.

뜨거운 것을 잘 못 먹는 코구마는 입안의 열기를 참으며 카푸치노를 마셨다. 지금은 온화한 표정인 마룬색 여자가 막대기 인간과 함께 있을 때처럼 정서 불안정한 모습을 보이기 전에 달아나려고 했다.

마룬색 여자는 향이 강해서 그대로 마시는 게 나은 다즐링에 크림과 설탕을 넣자마자 바로 마셨다. 코구마의 자의적인 기준으로는 적어도 미각을 신뢰하기 어려워 보였다.

뜨거운 차에 식은 피자. 온도에도, 다른 사람의 말이나 감정에도 둔감해 보이는 그녀는 자리에서 반쯤 엉덩이를 띄운 코구마에게 일방적으로 말했다.

"괜찮으면 뭔가 먹으러 갈래? 좋은 가게를 알거든. 물론 내가 살게."

허울 좋게 거절할 핑계가 떠오르지 않았다. 아무래도 차뿐 아니라 저녁까지 공짜로 얻어먹을 수 있게 된 듯하지만, 아주 비싼 대가를 치를 것 같은 예감이 들었다.

(26) 차이니즈　고등학교 3학년 1월

무제한으로 마실 수 있는 드링크바에서 한 잔만 마시고 가게를 나왔다.

아무래도 손해를 본 기분이 들었지만, 코구마는 카드로 계산한 마룬색 여자에게 인사하고 가게 밖 주차장에 세워둔 자신의 커브로 걸어갔다.

그녀는 정장과 같은 마룬레드 렉서스 SUV를 스마트키로 열었다.

뒤에서 따라오라는 마룬색 여자에게 코구마는 물었다.

"어디 가는데요?"

여자는 렉서스 SUV 엔진을 푸시 버튼으로 시동시키면서 대답했다.

"틀림없이 네 마음에 들 곳."

코구마는 자신이 조금이나마 됨됨이를 아는 막대기 인간이 저 사람에게서 벗어난 이유를 어쩐지 알 것 같았다. 그녀의 뒤에서는 코구마의 커브와 같은 휘발유 엔진 이동기기라고는 생각할 수 없는 렉서스가 자신이 모시는 주인의 승차를 기다리고 있었다.

코구마는 자신에게 알랑거리는 존재라고 생각해본 적도 없는, 오히려 목숨을 빼앗으려고까지 하는 자신의 커브를 타고 소리 없이 주차장을 빠져나간 렉서스를 따라갔다. 뒤를 달리며 보자니 운전은 서툴지 않았다. 다른 차의 흐름을 따르며 무리하게 추월하지는 않았다. 버스나 택시 같은 운전이었다. 틀림없이 차의 성능에 도움을 받고 있을 것이다.

카츠누마의 바이패스를 빠져나가 바로 우회전해 추오본선 방면으로 조금 달리면 나오는 가게로 렉서스가 들어갔다. 외관은 서양식 건물로 무슨 식당인지 모르지만 넓은 주차장에 늘어선 외제차와 국산 고급차를 보면 고객층은 짐작이 갔다.

바이크나 자전거로 오는 사람이 없는 종류의 식당인 건지 이륜차 주차장이 보이지 않았다. 그래서 후진주차한 렉서스 뒤와 주차장 펜스 사이에 커브를 세웠다.

렉서스에서 내린 여자는 헬멧을 벗은 코구마에게 말했다.

"복장을 신경 쓸 필요는 없어. 편안한 가게니까."

아직 자신을 데려가려는 곳이 어떤 가게인지조차 알려주지 않은 데다 스마트폰으로 알아볼 여유조차 주지 않았다. 그 말이 아니더라도 가려는 곳이 어떤 곳인지 알 때까지는 이쪽도 자신을 지켜주는 프로텍터가 든 라이딩 재킷을 벗을 마음은 없다.

마룬색 여자는 코구마를 이끌 듯 식당 입구로 걸어갔다. 간판이 걸려 있지 않은 서양식 건물에 동판 플레이트가 있을 뿐인 중후한 문은 마룬색 여자가 아무것도 하지 않아도 열렸고 검은 약식 예복을 입은 노인이 두 사람을 안으로 맞이했다.

"두 명이요. 안쪽 방이 좋겠어요."

마룬색 여자의 말에 끄덕인 노인이 두 사람 앞을 걸어갔다. 어둑한 실내 곳곳에 흐릿하게 랜턴 불빛이 비춰진 테이블석이 보였지만 가림막으로 가려져 있어 손님의 모습은 물론 나온 음식 종류도 보이지 않았다.

천막으로 가려진 테이블석으로 안내되어 노인이 빼준 의자에 앉은 코구마에게 맞은편에 앉은 마룬색 여자가 말했다.

"중화요리 좋아해? 이곳은 사천요리가 맛있어."

코구마는 가게 분위기에 조금 주눅 들며 대답했다.

"사천요리가 뭔지 몰라요."

마룬색 여자는 화가 날 만큼 여유가 느껴지는 미소를 지으며 말했다.

"틀림없이 마음에 들 거야."

이 여자와 마찬가지로 쓸데없이 이리저리 돌리는 무대 장치 안에서 먹는 사천요리인지 뭔지가 마음에 드는 일은 없을 거라고 생각했다. 하지만 두 사람이 자리에 앉고 무엇 하나 주문하지 않았는데도 나온 요리는 코구마가 지금까지 먹어본 적 없는 맛이었다.

마룬색 여자에 의하면 이 가게의 자랑은 사천 현지에서 먹는 요리가 아니라 미국화된 미국식 차이니즈라는 요리라고 했다.

"베이징 라비올리야. 이 해선장에 찍어 먹어."

만두 같지만 코구마가 아는 슈퍼마켓 만두보다 큰 각진 만두를 시키는 대로 자극적인 맛의 간장에 찍어 먹었다. 만두소인 간 고기는 코구마가 며칠 전에 먹은 햄버거가 고기 식감을 재현한 플라스틱이나 뭔가로 느껴지는 맛이 났다.

이어서 나온 음식은 무슈 포크라고 하는 듯 했다. 돼지고기, 죽순, 목이버섯을 볶은 것과 얇게 구운 전병이었다.

마룬색 여자가 “이렇게 싸서 먹으면 돼” 하고 말하며 돼지고기 볶음을 조금 서투른 손놀림으로 전병에 싸서 보여주자 코구마도 따라했다. 여자는 코구마의 손놀림을 보며 말했다.

“만약 내가 나중에 큰 병에 걸려서 수술을 받아야 하면 너한테 집도 받고 싶네.”

코구마는 무슈 포크를 먹는 데에 집중하며 대답했다.

“외과의를 전공할 예정은 없어요.”

자신에 대해서 무심코 말하고 말았다. 조금 전까지는 되도록 빨리 이 사람에게서 달아나려고 했는데, 이래서 맛있는 음식은 좋지 않다.

식사는 계속되었다. 닭고기와 캐슈너트 볶음이 나오고 이어서 나온 검은콩으로 삶은 바지락에 코구마의 배가 점점 불러왔다. 두 사람이 식사 중에 마시던, 유리로 된 찻잔에 꽃송이가 그대로 들어 있는 재스민차가 용정차라는 중국 녹차로 바뀌고, 나뭇가지에 달린 상태인 빨간 구이웨이 리치가 디저트로 나왔을 무렵에 드디어 마룬색 여자가 본론을 꺼냈다.

“나와 아이지의 옛날이야기를 조금 들어줄래?”

(27) 마오타이주 고등학교 3학년 1월

세상에는 요리의 맛과 있기 편안함이 반비례하는 자리도 있나 보다.

코구마는 빨간 리치 껍질을 이로 까서 향기와 수분이 꽉 찬 달콤함을 맛보며 생각했다.

이야기를 들어달라고 하면서 거절하기 힘든 분위기를 만드는 마룬색 여자는 거절의 대답을 전혀 고려하지 않는 듯이 말했다.

지금까지 먹어본 적 없을 만큼 맛있는 미국식 차이니즈 요리의 밥값이라고 생각하고 그저 말없이 들다 보면 그다지 오래 걸리지 않고 끝날 것이다. 어쩌다 재미없는 애니메이션을 보게 됐다고 여기면 그만이다.

코구마가 끄덕이자 안심한 마룬색 여자는 코구마만큼 깔끔하지 않은 동작으로 리치를 먹었다. 다른 관점에서 보면 여성스럽고 관능적이라고 할 수 있는지도 모른다.

남색 비단으로 만든 중국옷을 입은 점원이 다기를 교체하러 왔다. 마룬색 여자는 점원에게 말했다.

“마오타이주와 얼음을 주세요.”

점원은 끄덕이고 물러났다. 코구마는 어쩌면 자신이 이제부터 강제 시청하게 될 애니메이션은 한 편이 아니라 극장영화가 될지도 모른다는 생각이 들었다.

“너는 뭘 마실래? 이집은 마오타이주가 맛있어. 그러니까.”

마룬색 여자가 코구마를 보며 어떻게 불러야 좋을지 고민하는 모습을 보였다.

“코구마라고 부르세요. 음료는 차로 할게요.”

자신이 미성년자라든가 법률로 금지되어 있다는 문제는 눈앞에 있는 위기에서 벗어날 수 있다면 무시해도 괜찮다고 생각했지만, 코구마는 커브 운전 능력을 저해하는 것은 마시고 싶지 않았다. 마룬색 여자는 어떻게 하려나 생각했지만, 틀림없이 손님이 술을 주문한 시점에서 필요한 것을 수배해주는 식당인 걸 보면 직접 대리기사나 택시를 부르거나 차를 맡아달라고 부탁할 필요도 없을 것이다. 물론 코구마는 모르는 가게의 모르는 사람에게 커브를 맡길 마음은 없다.

그다지 오래 기다리지 않고 하얀 도기로 된 2홉들이 병이 얼음이 가득 담긴 은으로 된 얼음통과 함께 나왔다. 코구마는 의자에서 일어나 같이 내온 크리스탈 잔을 집었다. 커팅된 면이 손에 날카롭게 파고드는 감촉부터 비싸 보였다. 잔에 얼음을 넣고 마오타이주 뚜껑을 열어 예전에 퀵서비스 일로 와이너리에 갔을 때 맡은, 숙성 중인 화이트와인을 연상시키는 향기가 나는 액체를 잔에 손가락 두 마디 정도 따랐다.

마룬색 여자는 “고마워” 하고만 말하고 잔을 들고 덧붙였다.

“넌 나중에 인기가 많을 거야. 지금도 그런가?”

코구마는 빨리 이야기를 시작해서 빨리 벗어나고 싶은 마음에 재촉할 목적으로 입과 뇌의 윤활유가 될 것을 따랐을 뿐이다. 코구마는 마룬색 여자의 물음에는 대답하지 않고 자신의 용정차가 든 찻잔을 들고 마룬색 여자의 잔에 가볍게 부딪쳤다.

몸을 움직이는 오일과 휘발유를 겸하는 듯한 마오타이주를 몇 모금으로 비운 마룬색 여자는 직접 더 따르며 말했다.

"무슨 이야기였지?"

코구마는 일본 녹차보다 색깔이 연하고 떫은맛이 부드러운 용정차를 한 모금 마시고 대답했다.

"당신이 아이지라고 부르는 남자에 대해서요."

마룬색 여자는 두 잔째 마오타이주를 한 모금 마시고 말했다.

"맞다! 그 얘기였지! 좀 들어줄래?"

재미없는 이야기가 왕왕 그렇듯이 이야기 본론으로 들어가기까지의 서론이 너무 길다. 코구마는 말없이 끄덕이고 저 여자가 마시는 마오타이주를 한 모금 정도 달라고 할까 생각했다.

"대학교에 다닐 때의 아이지는 엄청났어. 외부 진학 장학생이라 돈도 실적도 뒷배도 없는 아이지가 유일하게 가지고 있던 혼다 오프로드 바이크로 어딘가로 떠날 때마다, 아버지도 세미나 팀 모두 그가 지금까지 어떤 연구자도 명확히 밝히지 못한 지방풍속 정보를 가지고 돌아오기를 기다렸지. 하지만 그가 무사히 돌아오기를 가장 절실하게 바란 사람은 나야."

이야기는 코구마가 어려워하는 방향으로 흘러갔다. 지루한 영화 같을 줄 알았던 이야기가 시간 때우기 정도는 된다고 알았으므로 끈기 있게 들었다.

“그때의 우리는 서로 사랑했다고 생각해. 아이지는 언제나 가지고 돌아온 자료를 맨 먼저 나한테 보여줬거든. 그걸 논문으로 옮긴 건 나야. 필드워크가 끝나면 늘 빈 껍데기 같았던 아이지의 하숙집에 언제나 식사를 가져다준 사람도 나야. 석사 과정이 끝난 뒤에도 대학교에 남도록 알아봐준 사람도 나고.”

그걸 연애 관계라고 부를 수 있을지 코구마는 알 수 없었다. 교수의 딸이라는 편리한 여자가 보기 좋게 이용당했다고밖에 보이지 않았다. 이 여자도 그를 자신이 바라는 틀에 가두려고 하니 피차 마찬가지다.

코구마의 기준으로 호의나 신뢰를 나타내는 척도 중 하나만 물어보았다.

“그 아이지라는 사람은 당신을 바이크에 태워준 적이 있나요?”

물어본 다음에 묻지 말았어야 했다고 후회했다. 마룬색 여자는 몸을 떨며 잔을 움켜쥐고 목소리를 쥐어짜냈다.

“왜, 왜 그랬어? 아이지는 한 번도 나를 바이크에 태워주지 않았어! 전철이 끊긴 뒤에 하숙집까지 갔을 때도 돈도 없으면서 택시비를 주고 돌려보냈어. 아무도 태우지 않았는데, 그랬는데! 그 아이누 여자애를 뒤에 태우다니!”

더블 마오타이주를 한 잔 더 비운 마룬색 여자가 쏟아낸 말의 정보를 정리해 보면, 그 막대기 인간은 대학교에 다녔던 시절, 바이크를 필드워크 도구로 사용했다. 마룬색 여자의 말끝에서 주운 차종 특징으로 짐작건대 혼다 XLR250 BAJA 모델이다.

코구마는 수많은 바이크 중에서 마룬색 여자에게 '눈이 두 개'라는 말을 듣고 바로 듀얼헤드 라이트를 장착한 몇 차종으로 특정할 수 있는 스스로에게 쓴웃음이 나왔다.

그 남자는 뒤에 단 대형 박스에 필드워크에 필요한 야영 도구를 늘 싣고 다니는 XLR에 사람을 태운 적이 없었다고 한다. 그런데 어느 날, 그가 조사하던 북일본에서 지방 기제(奇祭)의 희생양이 될 뻔했던 소녀를 뒤에 태우고 세이조에 있는 대학교로 돌아온 것이다.

"아이지는 지금도 그 여자애를 돌봐주는 것 같아. 틀림없이 그래서 야마나시에 계속 머무는 거야!"

코구마의 나쁜 예감은 적중했다. 역시나 옛날이야기가 아니라 현재에도 여전히 진행 중인 문제였다.

마룬색 여자는 마오타이주를 한 병 다 비웠다.

코구마는 점원을 부르는 용도로 보이는 종으로 손을 뻗으며 말했다.

"추가 주문할까요?"

마룬색 여자가 일방적으로 이야기하는 단편적인 내용을 들은 코구마는 한 가지 걱정되는 게 있었다.

그 아이지라는 이름의 해체 가게 사장이 탔다는 오프로드 바이크는 지금 어떻게 되었을까.

코구마는 이 두 사람 사이의 문제에 얽혔을 때 인간 심리는 모두 무시하고 필요한 것만 제안했다.

그것이 도움이 되었는지 어떤지는 몰라도 현재 두 사람의 공동생활은 잘 이어지고 있는 듯했다.

하지만 코구마는 지금까지 그 해체 가게에서 혼다 XLR을 본 적이 없었다.

사람은 몰라도 타는 바이크를 보면 그 사람의 상태를 알 수 있다. 그가 필드워크 무기로 쓰던 바이크를 현재 어떻게 다루는지에 따라 이 문제를 풀어낼 해답이 있을 것 같았다.

"그 사람이 타던 바이크가 지금 어떻게 되었는지 아세요?"

마오타이주 취기가 돈 마룬색 여자는 코구마의 거리낌 없는 물음에 단박에 대답했다.

"글쎄. 그 아이누 여자애를 데리고 돌아왔을 때는 이미 너덜너덜했으니 버리지 않았을까?"

만약 정말로 그렇다면, 그가 대학교의 필드워크에 필요한 바이크를 순순히 처분한 거라면 그는 이미 민속학 연구나 대학교와의 관계까지 모두 끊었을 것이다. 이 여자가 말하는 아이누 소녀와는 상관없이 두 사람의 관계는 머지않아 파탄날 것이다.

(28) 희생양　고등학교 3학년 1월

두 병째 마시는 마오타이주가 마룬색 여자의 입을 가볍게 해줬는지 코구마는 유익한지 무익한지 모를 정보를 여럿 듣게 되었다.

전공인 민속학 필드워크를 하기 위해 홋카이도에 머무르던 막대기 인간은 아이누 소녀를 데리고 대학교로 돌아왔다. 마룬색 여자에게 기제의 희생양이라는 말을 들었을 때는 마오타이주가 뇌로 흘러들어가 망상과 현실 구별이 어려워졌나 생각했지만, 자세히 들어보니 그 소녀는 아이누족라고 해도 증조부 대에 친척 관계가 있을 뿐인 집에 태어난 사람으로, 부모는 키타칸토 지역에서 회사를 그만두고 이주한 사람이었다.

홋카이도에서 이벤트 기획사를 세운 아이누 소녀의 부모는 그 지역 관광자원인 기제 프로듀싱을 맡았고 딸도 그 일을 거들었다.

기제 집행과 그 수익에 사운을 걸었던 부모 밑에서 기제 경리와 설치뿐 아니라 아이누족 차림으로 퍼포먼스까지 해야 했던 소녀의 사생활은 제한되었고, 교우관계도 진학도 마음대로 할 수 없는 생활을 강요당했다.

소녀는 악덕 기업과 악덕 아르바이트가 뉴스로 화제가 되면서도 어쩔 수 없다고 간과되기 쉬운 악덕 가업의 희생자였다.

아이누 소녀가 비인도적인 생활에서 구해달라고 애걸하자 막대기 인간은 철저한 방관자로 임해야 한다는 민속학 연구자의 입장을 버리고 소녀를 자신의 XLR250에 달린 박스에 넣었다. 그리고 관광객과 이주자를 환영하면서도 사람의 출입을 엄격하게 감시하는 마을에서 소녀를 데리고 나온 것이다.

마른색 여자는 사람을 상자에 담아서 바이크로 빼내는 게 가능하다니 믿을 수 없다고 했지만, 퀵서비스 일을 하는 사람이 사용하는 업무용 FRP박스라면 체격에 따라서는 문제없이 넣을 수 있다는 것은 키 140센티미터가 안 되는 시이를 통해 확인했다. 시이보다 조금 큰 140센티미터 후반인 우키야 사장을 넣어본 적도 있었다. 우키야 사장은 뼈가 여기저기 우둑우둑 소리 나며 "아파, 코구마 이제 그만해!" 하고 말했지만, 그만하려고 하면 "멈추지 마!" 하고 말해서 코구마가 뚜껑 위에 엉덩이를 대고 앉아 억지로 넣어 보니 어쨌든 들어가기는 했다. 우키야는 그날 오후 계속 목과 왼쪽 다리가 계속 돌아간 상태였다.

소녀의 부모는 막대기 인간을 미성년자 약취로 고소하겠다고 씩씩댔지만, 막대기 인간은 소녀가 멋대로 박스에 들어가 도쿄에 도착할 때까지 몰랐다고 우겼다. 그는 평소의 과묵한 모습으로는 상상도 못할 말투로 소녀의 부모가 둘 다 친권자로서의 자격이 부족함을 반드시 입증해 보이겠다고 했고, 소녀에게 한 짓에 켕기는 부분이 있는 부모는 고소를 망설였다. 그들은 소녀가 자신의 의지로 돌아오기를 기대했지만 소녀는 막대기 인간이 권유한 공적 생활보조기관으로 가기를 거부하며 막대기 인간 곁을 떠나려고 하지 않았다.

그 후 소녀가 도쿄에서 생활 기반을 마련하고 스스로 살아갈 수 있게 되기까지 막대기 인간은 보증인으로서 소녀를 도와주었는데, 고등학교도 제대로 다닐 수 없었던 소녀가 대입 검정에 합격하고 대학교에 진학하자 모든 관계를 끊었다.

대학생이 된 뒤에도 무슨 일만 있으면 막대기 인간을 찾아오는 소녀에게서 벗어나기 위해 막대기 인간은 소녀가 다니는 대학교와 기숙사에서 가까운 자신의 대학교를 떠나 야마나시에 정착했다고 한다.

마른색 여자는 막대기 인간의 행동과 그 이유를 이해하지 못하는 듯했지만 코구마는 조금 알 것 같았다.

사람과의 관계를 피해 살아온 사람도 어떤 계기로 달라질 수 있다. 코구마에게 그것은 슈퍼커브였다. 그 막대기 인간을 바꾼 건 지방의 기제와 그 정체였는지도 모른다.

유서 깊은 집안에 들러붙은 유령이라고 불리는 존재의 정체가 인신매매범의 상품이었던 이야기나, 불길한 땅의 전승이 산나물이나 버섯을 독점하기 위한 것이었다거나, 반대로 자연재해 우려가 높음을 지명에 남겨둔 곳이 택지 개발로 완전히 다른 지명으로 바뀐 이야기 등 민속풍습의 추악한 뒷이야기는 얼마든지 있다. 그리고 지방 기제에서 움직이는 돈과 이권에 놀아난 사람들에 의해 약자가 희생되면서 생겨나는 현대의 희생양도 있다.

계기가 무엇이었는지는 모르지만, 아무튼 막대기 인간은 한 소녀를 구하고 그와 관련된 많은 사람들의 인생을 바꿨다. 그리고 그때까지 깊은 인간관계와 인연이 없던 사람에게 너무 강렬한 타인의 감정이 쏟아지자 막대기 인간은 스스로 그것을 거부하게 된 것이다.

지금은 슈퍼커브 덕분에 나름대로 인간관계를 구축할 수 있었다고 여기는 코구마는 자신도 언젠가는 그렇게 될까 생각했다. 대학교에 들어간 뒤에도 주변에 사람이 많을 거라고 장담할 수는 없다. 사람과의 관계에 대한 거부반응이나 요요현상처럼 또 고독한 생활로 돌아가게 될지도 모른다. 적어도 그 막대기 인간이 그렇게 된다면 자신도 언젠가는 그렇게 될 것이다.

마룬색 여자는 자신이 바꿀 수 없었던 막대기 인간을 단박에 바꾼 아이누 소녀를 미워하는 듯했지만 여자로서 소녀의 마음은 이해하는 느낌으로 말했다.

"미련이 남은 사람은 그 애가 아니라 아이지야. 떠나는 게 그 애를 위한 일이라고 생각하면서도 대학교가 있는 하치오지에 자신의 눈길이 닿는 야마나시까지밖에 가지 못했어. 여자는 남자를 위한 건 생각하지 않고, 그저 같이 있으면 좋으니까 그 사람을 찾아가고 시시해지면 떠날 뿐인데."

계속 말없이 이야기를 듣던 코구마는 차를 한 모금 마시고 마룬색 여자에게 말했다.

"그래서 당신은 어떻게 하고 싶은데요?"

마른색 여자는 주정뱅이 중에서도 특히 코구마가 어려워하는 상태가 되었는지 눈물을 글썽이며 말했다.

"나는 앞으로도 계속 아이지와 함께 있고 싶어. 우리가 쌓아올린 생활을 누구에게도 방해받고 싶지 않아. 내가 만든 부속 사무실에서 연구를 계속하고 싶어. 나는 아이지가 좋아! 그러니까 좋아하는 남자를 내가 원하는 방향으로 이끄는 게 당연하잖아?"

마른색 여자가 야마나시에서 살기 위해 코구마가 구입하라고 유도한 에어스트림 카라반을 스스로 산 것처럼 말하는 건 차치하고, 그가 같이 있고 싶어 하지 않는 가장 큰 이유가 바로 그런 점이라고 말하고 싶었다. 술도 인간관계도 독한 것을 한번 맛보고 싫어진 사람에게 독한 술과 진한 인간관계를 계속 강요하면 고개를 돌리는 건 당연한 일이다.

하지만 자신이 복잡하게 얽힌 그들의 인간관계와 고민을 해결해줄 수는 없다. 코구마는 그저 자신에게 유익한 해체 가게가 차분히 물건도 고를 수 없는 상태가 되는 것만은 피하고 싶었다. 그리고 어쩌면 가까운 미래의 자기 모습일지도 모르는 막대기 인간의 생활에 변화를 일으킬 수 있다면 그렇게 해주고 싶었다.

(29) 바이크의 의지　고등학교 3학년 1월

이튿날 코구마는 막대기 인간의 해체 가게에 있었다.

에어스트림이 존재감을 드러내게 된 해체 가게에서 막대기 인간은 평소와 다름이 없었다. 코구마가 와도 아무런 반응도 보이지 않고 그저 무언가의 부품을 닦는 작업을 계속하고 있었다. 역시 저 부품은 피와 살이 아니라 기계로 만들어졌다고밖에 보이지 않는 막대기 인간의 몸 어딘가에 사용하는 물건일 것이다. 그가 부품의 연마 맞춤을 마치고 자기 손으로 조립하면 예의상 짓는 미소 정도는 보여줄지도 모른다.

마룬색 여자는 보이지 않았다. 코구마가 그보다 신경 쓰였던 혼다 오프로드 바이크는 역시 해체 가게 어디에도 없었다.

코구마는 몇 미터 정도 떨어진 곳에서 지붕만 있는 텐트 밑에 앉아 있는 막대기 인간을 보았다. 어제 저녁, 코구마는 그에 대해 몇 가지 사실을 알게 되었다.

민속학 연구자로서 필드워크를 하던 무렵의 그. 한 소녀를 구하기 위해 조교수 지위를 약속 받은 대학 생활을 버린 과거. 다른 사람의 감정에 피로감을 느끼고 스스로 타인과의 관계를 닫아버린 남자는 해체 가게에서 말 없는 기계에 에워싸인 생활을 선택했다.

손에 든 부품을 땅에 놓은 코구마는 한가한 틈을 타 막대기 인간에게 말을 걸었다.

“XLR은 아직 타세요?”

세상에는 마음이 있는 기계도 존재한다. 금속과 수지로 만들어진 바이크는 말을 하거나 생각하지 않지만, 타는 사람의 의사와 감정을 반영해서 형태와 성질을 바꾸는 경우가 있다.

코구마는 아직 커브에 그런 감상을 품은 적은 없다. 하지만 번쩍번쩍하게 닦여 장식된 채 누구도 돌아보지 않는 죽은 바이크나, 금방이라도 고꾸라질 것 같은데 남은 수명을 강렬하게 불태우며 살아가는 바이크를 본 적은 있다.

틀림없이 막대기 인간이 소녀를 구한 것도 그 바이크가 있었기 때문이 아니었을까 싶었다. 사람의 감정을 거의 잃은 그에게 아주 조금 남은, 눈앞의 불행한 목숨을 구하고 싶다는 감정. 그것을 그의 바이크가 증폭시켜 실행하게 해준 것이다. 코구마가 보는 관점에서 그를 인간답게 만드는 것은 아이누 소녀도, 민속학 연구도, 마른색 여자도 아니라 한 대의 바이크다.

사람을 접하는 경험이 부족한 코구마는 말조차 하지 않는 막대기 인간의 입으로 추정되는 구멍에서 아무 말도 못 듣는다 해도, 그의 바이크를 보면 이 아이지라는 남자가 어떤 사람인지 알 것 같았다.

막대기 인간이 고개를 빙글 돌려 코구마를 보았다. 금방이라도 붉게 빛날 것 같은 눈으로 보았다. 그리고 또 한 번 고개를 돌리더니 아무런 말도 하지 않고 부품을 닦는 작업으로 돌아갔다.

그것이 대답일 것이다. 민속학 필드워크에 인생을 바치고 기제의 희생양이 된 소녀를 구출한 그는 이미 없다. 지금까지 연구한 주제의 뒷마무리 같은 야마나시 현의 조사만 남았고, 그것이 끝나면 민속학자로서의 그도 마룬색 여자와의 관계도 끝난다.

자신이 이리저리 신경 쓰고 다녀봤자 아무것도 못할지도 모른다. 코구마가 그렇게 생각했을 때 수상한 소리가 가까워졌다.

엔진 소리보다 타이어가 내는 로드 노이즈가 더 큰, 여전히 자동차지만 자동차가 아닌 듯한, 코구마는 별로 좋아하지 않는 차다. 렉서스 SUV가 온 것이다. 코구마의 시각보다 먼저 청각이 반응했다. 렉서스와 다른 소리가 들렸다.

또 한 대가 더 온다.

렉서스 SUV 뒤에서 바이크 한 대가 달려왔다.

혼다 XLR250 BAJA 모델이다.

지금은 구형 차가 된 오프로드 바이크가 렉서스 앞으로 돌아 나오듯 멈췄다. 바이크에 탄 사람이 장갑을 벗고 헬멧을 벗었다. 보라색이 도는 긴 검은머리와 큰 눈동자. 키는 작지만 코구마보다 조금 나이가 많아 보이는 여자아이였다.

바이크에서 내린 소녀는 렉서스에서 내리는 마룬색 여자를 앞지르듯 막대기 인간에게 달려왔다.

"아이지!"

소녀는 막대기 인간에게 안겼다. 막대기 인간은 그녀를 가만히 떼어내고 고개를 가로저었다.

막대기 인간이 뭐라고 말했다. 여전히 보일러 증기가 새어 나오는 소리로밖에 들리지 않았지만, 코구마는 “안 돼” 하고 말했음을 알았다. 소녀도 안 듯했다.

“이미 늦었어. 결정했거든.”

막대기 인간은 한 번 더 고개를 가로젓더니 안 된다는 말을 되풀이했다.

보라색 머리의 소녀는 막대기 인간 앞에서 양손을 펼쳤다.

“그럼 날 힘으로 내보내. 때려서라도 쫓아내.”

소녀는 앙큼하게 웃었다. 그가 그런 짓은 못한다고 아는 얼굴이다. 예전에 막대기 인간이 대학교에 진학할 때까지 돌봐준 소녀의 곁에서 스스로 떠났을 때 그에게 어울리지 않는 억지스러운 방법을 택했는지도 모른다. 그것이 그의 상처로 남아서 그를 또 다시 인간에게서 멀어지게 만드는 원인이 되었음을 이 보라색 머리 소녀는 알고 있다.

“기껏 아이지가 보증인이 되어준 집 말인데, 월세가 밀려서 쫓겨날 것 같아. 그래서 다시 아이지네 집으로 이사 오려고.”

전혀 주눅 드는 기색도 없는 소녀에게 뭔가 말하려다 포기한 막대기 인간은 그녀가 타고 온 오프로드 바이크를 가리키며 뭐라고 말했다.

보라색 머리 소녀는 자랑스럽게 바이크 시트를 두드리면서 말했다.

"아이지가 버리고 가서 고쳤어. 바이크가 있으면 편리하고 새로 사는 것보다 싸니까."

막대기 인간은 소녀에게 몇 가지 더 물었다. 보라색 머리 소녀는 웃으며 대답했다.

"고치는 방법도 부품도 지금은 인터넷으로 구할 수 있고, 대학교? 지금 5학년인데 아마 한 번 더 유급할 거야."

막대기 인간은 몇 번인가 고개를 가로저으면서도 소녀가 타고 온 바이크를 익숙한 몸짓으로 밀어서 에어스트림 카라반 뒤에 있는 정비 공간에 넣었다.

바이크는 코구마가 겉모습과 소리로만 판단해도 정비가 완전히 되지 않은 듯했고 간신히 움직이는 느낌이었다.

그래도 여기까지 달려온 것이다.

막대기 인간은 자신이 구출한 소녀의 대학 생활이 순조롭지는 않아도 아직 계속되고 있는 데다, 앞으로도 계속 이어갈 의사가 있음을 바이크 상태로 짐작한 듯했다.

마룬색 여자가 이해하지 못하겠다는 느낌으로 고개를 가로저었다. 그 옆에서 상황을 지켜보던 코구마의 앞에 막대기 인간이 정비 공간 구석에 있는 나무 상자를 열었다.

상자 안에는 혼다 XLR의 새 부품이 들어 있었다. 그 역시 소녀가 도움을 구하러 왔을 때는 받아들일 준비를 하고 있었던 모양이었다.

곧바로 바이크 정비를 시작하는 막대기 인간 뒤에서 보라색 머리 소녀가 열심히 손을 모으며 말했다.

"그래서 말인데 내년과 내후년 학비를 좀 도와주십사 하고. 아빠와 엄마와는 연락하고 지내게 됐지만 회사가 망해서 그럴 여유는 없다고 하셨거든."

소녀에게서 등을 돌린 그는 바이크를 수리 스탠드에 수직으로 세우며 더러워진 손을 일체형 작업복 호주머니에 아무렇게나 찔러 넣었다. 그리고 코구마가 지금까지 본 적 없는 금속 신용카드를 던져주려고 했지만 마룬색 여자가 카드를 빼앗고 소녀의 목덜미를 움켜잡았다.

"솔직히 지금 당장 쫓아내고 싶지만 네 논문 집필 능력은 아까워. 죽기 살기로 대학교에 다니면서 내년 안에 졸업증을 따면 학비를 빌려줄게."

보라색 머리 소녀는 그다지 믿음이 가지 않는 말투로 "괜찮아, 괜찮아" 하고 말했다.

잘못 왔다는 마음이 든 코구마는 귀찮은 일이 일어나기 전에 떠나려고 했다. 그때, 막대기 인간이 불러 세웠다.

그가 도와달라는 뜻의 말을 해서 코구마는 정비 공간까지 걸어가 XLR 앞에 쭈그려 앉았다.

막대기 인간은 부품을 제거하고 코구마의 눈에는 아직 쓸 수 있어 보이는 부품까지 계속 신품으로 교체했다.

소모부품은 소모하기 전에 교체해서 예비 부품으로 돌리는 게 오래 된 바이크를 유지하는 원칙이라고는 하지만, 아깝다고 생각한 코구마는 작업을 거들면서 막대기 인간의 손끝을 보았다.

평소에도 해체 가게 사장으로서 매입한 부품을 정비하는 그는 기계 같은 군더더기 없는 손놀림을 보였지만, 오늘의 기계는 평소보다 회전이 빠르고 상태가 좋아 보였다.

이 바이크를 타게 될 아이누 소녀를 한번 봤다가 다시 막대기 인간을 보고 어깨를 으쓱거린 코구마는 부품을 낭비한다는 생각밖에 들지 않는 작업을 거들었다.

사람도 바이크도 떨어져 있다가 다시 만나 다시 한 번 같은 시간을 보내려고 한다면 조금쯤은 과보호해도 괜찮다.

(30) 차량용 공구　고등학교 3학년 1월

코구마는 연립주택 주차장에서 커브를 정비했다.

거창한 수리는 아니고 나사 하나를 다시 조일 뿐이었다.

커브 리어캐리어라고 하는 뒤쪽 짐칸을 고정하는 볼트 하나가 어느 틈에 풀려 분실되어 있었으므로 가지고 있는 볼트 중에서 맞는 것을 찾아 다시 조이기로 했다.

풀린 이유는 불명이지만 코구마는 이 볼트에 손댄 기억이 없다. 틀림없이 이전 주인의 정비 실수일 것이다. 그렇게 생각하며 코구마는 리어캐리어 구멍과 차체 리어펜더에 뚫린 구멍을 맞춰 볼트를 통과시키고 리어펜더 뒤로 손가락을 넣어 나사 구멍에서 머리를 내민 볼트를 손가락으로 더듬어 너트를 댔다.

볼트를 손가락으로 조일 수 있는 만큼 최대한 조인 뒤 커브를 타기 시작한 재작년 여름에 산 천 엔짜리 공구 세트로 손을 뻗었다.

커브 뒤쪽 박스에 들어 있는 작은 아타셰케이스 정도의 플라스틱 공구함에 필요한 공구를 넣은 공구 세트는 레이코 말로는 품질 차이가 큰 공구 세트 중에서도 상당히 괜찮은 물건이라고 했는데 코구마는 커브를 정비할 때 공구 부족이나 불편함을 느낀 적이 없었다.

차량용 공구는 강도, 정밀도에서 전부 기대할 수가 없는데, 그것이 정말로 필요한 긴급 시에 제 역할을 해주지 못하는 경우가 있다. 슈퍼커브라고 해도 예외는 아니다. 코구마도 샀을 때부터 딸려 있던 차량용 공구는 예비 공구로 연립주택 방에 놔두고 이 공구 세트를 커브에 싣고 다닌다.

소켓렌치 핸들에 볼트 사이즈에 맞는 소켓을 끼운 코구마는 소켓렌치를 볼트 머리에 댔다. 핸들을 움직이자 볼트는 아무런 저항 없이 돌아갔다.

코구마는 자신의 작업 실수에 쓴웃음을 지었다. 나사 구멍이 뚫린 구멍에 볼트를 넣을 때는 그걸로 충분하지만, 차체를 관통하는 볼트 등 반대쪽에서 너트로 조이는 방식의 볼트는 볼트 머리를 렌치로 돌리며 너트를 다른 렌치로 눌러야 한다.

코구마는 공구 세트를 사고 얼마 지나지 않아 새로 산 안경렌치로 손을 뻗었다. 이건 우연히 좋은 물건이 손에 들어온 게 아니라 물산전에서 개최하는 부도 상품 직판장에서 꼼꼼히 품질을 검토하고 구입했다.

유명한 브랜드 공구를 살 수 있을 만큼의 경제력이 있으면 이런 수고도 필요 없을 것이다. 하다못해 사용 빈도가 높은 소켓렌치는 토네의 핸들과 코켄의 소켓 정도는 갖추고 싶다.

지금은 가지고 있는 공구만으로 어떻게든 해야 한다고 생각한 코구마는 안경렌치를 너트에 대려고 했다. 그때 코구마는 너트가 있는 펜더 뒤에는 굵은 안경렌치가 들어가지 않는다고 깨달았다.

펜더와 타이어의 좁은 틈 사이에는 더 가는 렌치만 들어간다.

하지만 코구마가 가진 공구 중에서 너트를 잡을 수 있는 렌치는 이것뿐이다. 나사 하나만 조이면 되는 간단한 정비는 공구 부족으로 좌절되었다.

결국 작업에 방해가 되는 타이어를 떼고 처음 생각했던 것보다 수고와 시간을 낭비하며 간신히 정비를 마쳤다. 코구마는 자신의 공구를 보며 생각했다. 앞으로도 커브를 직접 정비하고 유지하려면 더 많은 수단이 필요해진다.

프로 정비사나 취미로 바이크를 손보는 숙련자의 공구함에는 그냥 파는 상태 그대로의 공구뿐 아니라 자기가 쓰기 쉽도록 개량한 공구가 몇 개씩 들어 있다고 한다. 레이코도 직접 만들어 가공한 공구를 꽤나 가지고 있다.

며칠 뒤 코구마는 카츠누마에 있는 단골 해체 가게로 향했다. 공구는 필요하지만 살 돈은 없다. 그렇다면 품을 들여 중고나 폐품에서 찾아내는 수밖에 없다.

국도 20호선에서 프루츠라인이라고 하는 광역 농도를 타고 해체 가게에 도착한 코구마는 여전히 사람이라기보다 루카스 영화에 나오는 기계 몸의 현상금 사냥꾼 같은 외모의 해체 가게 사장에게 인사하고 오늘은 공구를 찾으러 왔다고 말했다.

뼈와 살이 아니라 쇠막대기를 조합해 만든 듯한 외모 때문에 코구마가 막대기 인간이라고 부르는 사장은 폐차와 해체 부품이 쌓인 부지 한 곳을 가리키며 목소리라기보다 호흡 소리라고 하는 게 더 어울리는 발성으로 말했다.

"백 엔."

가리킨 곳에는 여기가 프루츠라인에 옛날부터 있었음을 유일하게 엿볼 수 있는 것이 있었다. 사과도 포도도 박스로 유통하기 전 시대에는 어디에나 있었고 의자와 책상 대용으로 사용했던 나무함. 그 안에는 폐차에서 뜯어낸 차량용 공구가 수도 없이 내던져져 있었다.

슈퍼마켓에서 파는 과일은 깨끗하게 세정되어 왁스가 발라져 있지만 이 해체 가게 상품은 하나같이 지저분하고 왁스 대신 오일과 그리스가 묻어 있다. 그것은 코구마에게 왁스로 반짝이는 사과나 귤보다 군침이 도는 상품이었다.

코구마는 나무함으로 손을 뻗어 공구를 뒤적였다. 차량용 공구는 좋은 것과 아닌 것의 격차가 크다고 해도 지금은 품질보다 한정된 예산에서 공구를 늘리는 게 우선이다. 이 안에서도 찾으면 쓸 만한 물건이 나올 것이다.

합성가죽 공구 자루에 들어 있는 공구를 꺼내 점검하고 불합격 판단을 내린 코구마는 조금 색다른 것을 발견했다. 아무래도 합성가죽이 아니라 진짜 가죽으로 된 갈색 공구 자루였다. 안을 열어 보니 들어 있는 공구는 일반적인 물건이지만 아주 가벼워 바람이 불면 날아갈 것 같았다.

무게로 강도를 짐작하고 싸구려라고 불합격점을 주려던 코구마는 공구보다 가죽 공구자루에 끌렸고 달리 괜찮은 물건도 없으니 그 갈색 공구자루를 가지고 막대기 인간에게 갔다.

막대기 인간은 공구자루를 보고 코구마를 보았다. 그리고 코구마가 내민 백 엔짜리 동전을 보고 뭔가 노이즈 같은 소리를 냈다. 코구마는 일단 백 엔을 건넸다. 이 해체 가게에는 담아주는 봉투도 선물 포장 서비스도 없어 보였으므로 코구마는 공구를 그대로 가지고 돌아왔다. 막대기 인간은 목 관절의 작동 장치가 오작동을 일으킨 것처럼 고개를 좌우로 흔들어댔다.

이튿날 100엔에 산 공구를 레이코에게 보여주니 레이코는 말 그대로 펄쩍 뛰어올랐다.

“이건 맥라렌 F1 공구야!”

일본차, 수입차를 불문하고 차량용 공구는 최소한의 품질에 맞추지만 극히 일부의 고급차만은 예외라고 한다. 주인의 소유욕을 자극하는 호화로운 공구함에는 차량 가격에 상응하는 공구가 들어 있고 일본에서는 1억 엔에 팔린 맥라렌 F1의 표준 장비인 파콤 차량용 공구는 원가만으로도 10만 엔 밑으로는 떨어지지 않는 품질이라고 한다.

뭔지 잘 모르지만 일단 좋은 공구를 뽑아왔다는 걸 알게 된 코구마는 커브에 실은 공구 세트 내용물 몇 가지를 그 파콤제로 바꾸고, 들어가지 않았던 것과 자동차용이라 커브에는 쓸 일이 없을 것 같은 것은 집에 두었다.

뜻하지 않게 백 엔의 지출로 공구가 늘어났고 그에 맞춰 정비할 방법도 늘어난 코구마에게 난감한 문제가 또 생겼다.

이번에는 조금 더 좋은 공구함이 갖고 싶어졌다.

(31) 간호사의 커브 고등학교 3학년 2월

시프트 페달을 조작했을 때, 코구마는 이 커브의 엔진이 교체된 걸 깨달았다.

파란색 차체에 한 사이즈 큰 타이어와 사이드스탠드, 그리고 대경 브레이크. 신문 배달 전용 차종인 프레스 커브에 코구마가 타는 스탠더드 커브의 엔진이 실려 있었다.

시프트기어에 주행 중에 3단에서 중립으로 넣지 못하게 하는 잠금 기능이 이 커브에는 달려 있었다. 배달로 발진 정지와 중립에서의 관성주행을 하는 프레스 커브에는 달려 있지 않을 터였다.

중고차 업체가 신문사에서 인수한 폐차와 사고차에서 뗀 엔진을 조합해서 저렴하게 날조한 조악한 중고 커브라고 생각했는데, 그렇다기에는 각 부위의 상태가 좋았다. 속도계를 보고 프레스 커브 특유의 3단 램프가 없어서 엔진뿐 아니라 미터기도 교환되어 있다는 걸 깨달은 코구마는 미터기 하부의 주행거리계를 보았다. 2만 킬로미터가 조금 넘었다. 브레이크와 와이어, 고무 부품 등 소모품의 주행거리에 상응하는 마모만 봐도 미터기를 조작하지 않았음을 알 수 있었다. 중고를 합체했지만 성실하게 조립한 커브였다.

매우 흥미로운 부품 구성으로 조합된 커브 앞에 쭈그리고 앉아 있던 코구마는 뒤를 돌아보고 말했다.

"금방 고칠 수 있어요."

수술 후 경과 관찰과 재활이 순조롭게 진행되어 입원 생활에 안정을 찾은 코구마는 목발을 짚으면서 병원 안을 산책할 때가 많아졌다.

아직 외출 허가는 나오지 않지만 부지 안이라면 자유롭게 돌아다닐 수 있다. 의사는 많이 걸으라고 했으니 이것도 재활이 될지도 모른다. 무엇보다 병실에서 그저 아무것도 하지 않고 시간만 보내면 지루해서 상처 회복이 더딜 것 같았다.

처음에는 병원 내부에서 시작해 매점과 물리치료실을 오갈 때 다른 곳도 조금 들러볼 생각이었는데 낮에는 원내 복도를 한 차례 걷고 오후에는 병원 건물 밖으로 나왔다.

어쩐지 처음 커브를 탔을 때 같다고 생각하며 병원 뒤쪽을 산책하는데 커브 엔진 시동이 걸리지 않아 쩔쩔매는 여성을 발견했다.

정신을 차리니 코구마는 그 커브를 살펴보고 있었다.

커브 주인은 이 병원의 간호사다. 코구마는 본 적 없는 얼굴이었다. 내과 병동을 담당한다고 했다.

이 커브는 그녀가 간호학교에 다닐 때 가난한 고학생이던 그녀가 통학 비용을 절약하기 위해 원동기를 사러 갔더니 그녀의 성장 과정에 감동한 바이크 가게 주인이 폐차에서 상태가 좋은 부품을 골라 조립해 주었고 그 이후로 간호학교에 다닐 때나 취직한 지금 병원에 통근할 때 활약했다고 한다.

그녀는 언젠가 자신이 다닌 간호학교와 이 커브를 산 바이크 가게가 있던 고향 병원에 취직해 바이크 가게 부부에게 은혜를 갚고 싶다고 했다.

코구마는 그녀가 살아온 이야기보다 커브의 여기저기에 관심이 끌렸다. 꼼꼼히 조립해 아끼면서 탔다는 사실을 타는 사람의 입보다 수다스럽게 설명했다. 그래도 매일 가동하는 기계인 이상 마모와 상태 부진은 피할 수 없다.

부러지지 않은 다리로 커브의 킥레버를 차기만 했는데도 이상이 생긴 원인은 짐작이 갔다. 통용 출입구 근처에 쌓여 있는 리넨을 담는 플라스틱 컨테이너를 빌려와 의자 대신 앉고 목발을 옆에 두었다.

10엔짜리 동전으로 커브의 사이드 커버를 열고 차량용 공구를 꺼냈다. 공구 품질은 필요 최소한의 물건이었지만 이걸로 충분하다고 생각한 코구마는 곧바로 커브의 레그실드를 떼고 휘발유 코크를 닫고 에어클리너와 카뷰레터를 재빨리 떼어냈다.

자신의 커브로 몇 번이나 반복해서 익숙한 작업이다. 아직 자신이 효율적인 움직임을 잊을 만큼 사고가 난 뒤로 시간이 흐르지도 않았다. 뒤에서 걱정스럽게 지켜보는 여성에게는 마법을 부리는 것처럼 보일까, 하고 생각한 코구마의 이마에 배어 나온 땀을 손수건으로 닦아주었다.

카뷰레터를 떼고 안에 든 휘발유를 흘리지 않도록 조심하며 플로트 커버를 제거했다. 노출된 연료 제트를 신중하게 떼어내 보니 역시 제트가 막혀 있었다.

플로트를 보니 휘발유에 모래알 같은 쓰레기가 섞여 있었다. 이 플로트 내용물만으로도 커브는 몇 킬로미터 더 달릴 수 있다고 생각해 휘발유를 버리지 않았지만, 이 정도로 오염되어 있으면 도움이 되지 않으므로 커브 뒤쪽에 달린 박스에 들어 있던 걸레에 흡수시켰다.

연료 제트가 막힌 것을 제거하려면 정비용 에어건이나 오피스 기기용 에어스프레이가 필요하다. 바늘로 청소하는 방법도 있지만 섬세한 놋쇠 제트를 철이나 동으로 깎아내고 싶지는 않았다.

집 주차장이라면 필요한 도구는 얼마든지 있지만 여기 있는 것은 차량용 공구뿐이다. 코구마는 머리를 짜냈다. 바이크를 정비할 때는 이런 경우가 곧잘 있다. 올바른 공구를 올바르게 사용하기만 해서 끝나는 작업은 없다. 항상 응용과 창의성이 요구된다.

주변을 둘러본 코구마는 떨어져 있는 나뭇가지를 주웠다. 플라이어와 일자 드라이버로 나무를 쪼개고 으깨 가느다란 줄기 안에서 딱 적당히 굵고 단단한 것을 꺼냈다.

나무 섬유를 사용해 제트를 청소한 뒤 카뷰레터를 조립하여 엔진에 달고 에어클리너를 달았다.

카뷰레터에 달린 거름망 같은 필터를 세정한 뒤 휘발유 코크를 다시 덮은 코구마는 한쪽 다리와 목발로 일어나 커브에 앉았다.

마음이 진정되고 지금의 부족함 없는 입원 생활로 쌓여 있던 욕구불만이 해소되는 기분이었다. 그것이 다른 사람의 커브고 한쪽 다리를 쓰지 못하는 상황이라도 변하지 않았다.

부러지지 않은 다리로 몇 번인가 킥을 차자 처음에는 연기만 나던 커브 엔진이 다시 숨을 되찾았다.

스로틀을 감아 시동에 성공한 것을 확인한 코구마는 레그실드를 다시 달았다. 조금 전 휘발유를 빨아들인 수건으로 차량용 공구를 닦던 코구마는 휘발유에 쓰레기가 섞인 원인으로 짐작 가는 바가 있어 시트를 올렸다.

예상대로 급유구 뒤에 있는 연료 게이지가 제거되어 있었다. 접은 수건으로만 막아두었다.

커브 급유구 캡은 엔진 키와 공통 키를 꼽아 여는 구조지만, 중고로 두 대를 합친 커브나 도난 피해 이력이 있는 커브는 엔진 키와 캡의 키가 따로따로인 경우가 있다.

키를 분실하면 급유구를 열지 못하지만 급유구 뒤에 있는 연료 게이지는 나사 네 개만 풀어도 제거할 수 있는 구조다. 떼어낸 뒤의 구멍은 주유소의 급유 노즐을 찔러 넣기 충분한 크기라서 그대로 연료게이지 구멍으로 급유하는 사람이 가끔 있다.

메인 키 실린더와 탱크 캡, 핸들 로크와 헬멧 록크 등, 키를 사용하는 부품이 하나로 합쳐진 키 세트는 혼다에서 공급하지만 가격이 제법 나간다. 설치도 전문가에게 의뢰하면 작업 부위가 광범위하게 분산되기 때문에 공임만으로도 꽤나 많은 돈이 나간다.

그렇다고 연료 게이지 구멍으로 급유하면 당연히 인화 등의 위험이 따른다. 지금처럼 휘발유 탱크에 쓰레기가 들어가는 경우도 있다. 수건 섬유는 기관부의 여러 곳에 걸리기 때문에 코구마를 포함해서 어느 정도 정비 경험이 있는 사람이나 프로 정비사는 수건을 세차에 사용해도 작업에는 사용하지 않는다. 이 커브도 지금 카뷰레터를 분해해서 청소해도 머지않아 또 시동 불능에 빠질 것이다.

코구마는 엔진을 시동 걸 수 있는 상태로 만드는 건 가능하다고 말했다. 하지만 바로 멈춘다면 코구마가 수긍하지 못하는 불완전한 작업이 된다. 코구마는 이미 수납 자루에 돌려 넣은 공구를 다시 꺼냈다.

주인에게 연료 캡 키를 분실했음을 확인한 코구마는 차량용 공구를 사용해 자물쇠를 파괴해 키 실린더를 억지로 돌려 탱크 캡을 벗겼다. 그리고 캡을 조금 가공해 자물쇠 없이도 열리도록 했다.

제거한 연료 게이지는 다행히 뒤쪽 박스에 들어 있었다. 설치하는 나사와 함께 지퍼백에 들어 있는 연료 게이지를 꺼내 원래대로 다시 달고 주인에게 말했다.

"이걸로 급유는 할 수 있어요. 자물쇠가 달린 캡은 인터넷에서 싸게 파니까 그걸로 바꾸는 게 좋아요. 탱크도 지금의 휘발유를 전부 빼고 세정하는 게 좋고요."

나사를 깜빡하고 조이지 않은 곳이 없는지 확인하고 차량용 공구를 원래 있던 곳에 다시 놀려놓은 코구마는 손목시계를 보았다. 카뷰레터 청소와 탱크 캡 주변의 소소한 작업으로 20분이 채 안 걸렸다. 한동안 커브를 만지지 못한 것치고는 그럭저럭 괜찮은 솜씨였다. 집에서 애용하는 공구를 사용했더라면 더 짧은 시간에 깔끔하게 작업할 수 있었을 것이다.

커브 주인은 코구마에게 몇 번이고 머리를 숙였다.

"도와줘서 감사합니다. 뭔가 인사를 하고 싶어요."

코구마는 자신의 손을 걸레로 닦으며 대답했다.

"인사는 제가 해야 해요. 한동안 이런 걸 하지 못했거든요."

차주인 간호사는 고개를 갸웃했다. 다루는 법에 조금 문제는 있었지만 이 커브를 소중하게 아끼는 여성, 하지만 틀림없이 그녀가 모르는 게 있다. 코구마는 그렇게 생각하며 닦아도 지워지지 않는 검은 흔적을 보았다.

바이크를 만지면 손에는 오일과 슬러지가 뒤섞인 검은 얼룩이 묻는다. 아무리 씻어도 손톱 구석과 지문 사이에 남는 검은 얼룩은 사고로 한동안 바이크 정비에서 멀어져 있던 코구마의 손에서 사라져 있었다. 처음에는 더러워서 보기 힘들었던 흔적이 입원 생활로 사라지고 손이 점점 깨끗해지자 자신이 길러온 능력까지 사라지지 않을까 불안했다.

간호사가 "언젠가 당신이 위궤양이나 장폐색으로 쓰러지면 저한테 오세요" 하고 말했다. 그다지 달갑지 않은 말이라 그보다 조금 더 재수가 좋은 요구를 하기로 했다.

"다음에 만나면 커피와 도넛이라도 사주세요."

그녀는 풋 웃더니 코구마에게 손을 내밀었다.

"좋아요, 약속할게요."

아직 정비 얼룩이 남은 코구마의 손을 단단히 잡은 간호사는 커브를 타고 경쾌한 소리와 함께 달려갔다.

코구마는 부러워서 몸이 달아올랐다. 앞으로 며칠만 더 있으면 외출 허가가 나올 테고, 자신의 커브를 자신의 공구로 수리할 수 있다.

조금만 더 기다리면 되는 그 시간이 코구마에게는 너무 길었다.

(32) 앞 바구니　고등학교 3학년 2월

손에 들어볼 필요도 없이 보기만 해도 이건 이미 고칠 수 없을 거라고 생각했다.

코구마가 바이크 사고로 골절되어 입원한 지 보름이 조금 지났을 때였다. 수술 상처에서 실밥을 빼 간신히 외출 허가를 받게 된 코구마는 맨 먼저 자신의 커브를 맡겨둔 시노 할아버지 가게로 직행해 택시에 부딪친 커브 수리를 시작했다.

외장 곳곳이 파손되었지만 차체의 기간 부분에는 심각한 피해를 입지 않은, 지금의 자신 같은 커브의 수리 작업은 사전에 부품을 주문해둔 덕도 있어 순조롭게 진행되었다. 사고 충격을 흡수하고 제 역할을 다한 부품을 제거하고 새 부품을 달았다. 오일이나 전구 교환과 별다르지 않았다.

코구마의 주관적인 판단으로는 크게 부서지지 않은 커브의 일상 정비에 지나지 않는 교환 작업이 대충 끝나갈 무렵 코구마는 어떤 부품을 집었다.

프론트 캐리어에 다는 앞 바구니다.

바구니는 슈퍼커브 표준 장비와는 다른 옵션으로 코구마가 산 중고 커브에는 달려 있지 않았다.

코구마의 커브에 장착한 신문 배달용 프레스 커브의 앞 바구니는 헬멧 수납공간이 따로 있는 스쿠터처럼 짐을 싣지 못해서 등에 지고 가야 하는 커브에 불만을 느꼈을 무렵, 커브로 통학하는 코구마를 지켜보던 고등학교 교감 선생님이 공짜로 주었다.

솔직히 기뻤던 코구마는 감사를 전했지만, 마침 레이코의 인맥으로 뒷부분에 달 스틸 박스를 입수한 직후였으므로 기쁨도 몇 퍼센트는 줄어든 느낌이었다.

이후 코구마의 커브 앞 바구니는 뒤쪽 박스의 예비 수납으로 존재감을 발휘했다. 즉, 별로 사용하지 않았다.

무거운 바구니는 확실히 연비와 최고 속도를 악화시키는 데드웨이트가 되고 핸들을 좌우로 돌리면 바구니가 레그실드에 닿아 조금이지만 꺾는 각도가 제한된다.

코구마가 커브를 위해 입수하고 구입한 물건들은 모두 꼼꼼히 살피고 엄선한 물건들로 몇 번이나 그 성능을 발휘해 주었지만 앞 바구니는 그런 소유욕을 채워줄 기회가 거의 없었다.

그냥 뗄까, 아니면 조금 더 가볍고 작은 걸로 바꿀까. 몇 번이나 고민한 애증 섞인 앞 바구니를 사고로 파손될 때까지 계속 달아둔 데에는 이유가 있다.

지금으로부터 1년 정도 전, 이 거의 쓰지 않는 바구니는 동급생 에니와 시이를 구해준 적이 있다.

시이가 리틀 커브를 사기 전에 타고 다녔던 알렉스 몰튼 자전거를 타다가 겨울에 강에 빠졌을 때 얼어붙은 시이를 자신의 집까지 데려온 것은 이 크고 무거운 앞 바구니였다.

시이를 태우고 얼어붙은 가파른 경사를 올라가야 하는 상황에서 평범한 원동기 2종으로 두 사람이 탈 때처럼 뒤쪽 화물 박스를 떼고 캐리어에 시이를 앉힌다면, 무게중심이 뒤쪽으로 쏠려서 앞바퀴는 접지력을 잃고 코구마는 시이를 태운 자신의 커브와 함께 언덕 아래로 굴러 떨어진다.

하중이 앞쪽에 몰려 있으면 올라갈 수 있을 것이다. 그렇게 생각한 코구마는 너무 추워서 스스로 움직일 수도 없는 시이를 안아 올려 앞 바구니에 던졌다.

키 140센티미터가 채 안 된다고는 해도 사람 한 명의 몸무게를 커브 앞 바구니와 앞쪽 캐리어는 아무런 문제없이 받아주었다. 신문 배달 커브가 매일 아침 죽순처럼 꼽아서 운반하는 신문은 훨씬 더 무겁다.

그 뒤로도 이 앞 바구니는 기본적으로 쓸모없이 게으름 부리며 커브 앞쪽 캐리어에 자리만 차지하다가 코구마가 이제 이 바구니를 떼서 버리려고 생각한 순간에 이상한 방향으로 도움을 주었다.

바이크 세계에는 그런 부품, 혹은 그런 바이크가 있다고 한다. 이제 탈 일이 없으니 보내주려고 생각한 순간에 탈 기회가 찾아와서 질긴 악연처럼 버릴 수가 없다.

이번 사고도 그 일환일까 하고 생각하며 코구마는 앞 바구니를 집었다.

철을 수지로 코팅한, 세탁소에서 공짜로 주는 철사 옷걸이처럼 생긴 앞 바구니는 이 견고한 구조도 자동차와의 충돌에는 이기지 못하고 대번에 항복했는지 전체가 변형되어 있었다.

기본적으로 몸이 외부에 드러나 있어 사고가 났을 때 자동차 같은 충격흡수구역이 없는 커브에서 충돌 충격을 흡수해 코구마를 지켜준 앞 바구니는 마지막 역할을 다한 것처럼 보였다.

코구마는 아직 골절 치료 중이라 한쪽 다리를 쓰지 못해 자유롭지 못한 몸으로 무거운 앞 바구니를 들어올렸다. 바구니 테두리를 잡고 힘을 주었다.

오래 된 슈퍼커브에 많이 사용되는 철이라는 재료는 수지처럼 충격을 받아도 깨지지 않는다. 휘어지면 다시 휘어서 모양을 잡을 수 있다.

일단 손으로 휘어 보았다. 그걸로 고칠 수 없다면 이 바구니는 버릴 것이다. 무겁고 별로 사용하지도 않고 더 가벼운 바구니라면 해체 가게에서 구할 수 있다.

택시의 전진 에너지를 정면으로 받고 찌그러진 앞 바구니는 코구마가 손으로 펴려고 해도 원래 모양으로는 돌아오지 않았다.

코구마는 바구니를 바닥에 놓았다. 그리고 바구니 끝을 부러지지 않은 다리로 밟았다. 손으로 펼 수 없다면 발이 있다. 발로도 돌아오지 않았다. 그렇다면 몸무게를 전부 사용하면 된다 싶어 바구니에 엉덩이를 올리고 앉았다.

최종적으로는 시노 할아버지 가게에 있던 유압잭까지 가지고 나와 바구니를 수정하고 해머로 소소한 찌그러짐까지 수정한 코구마는 원래 형태와 기능을 되찾은 앞 바구니를 커브에 달았다.

도움이 될지 어떨지는 중요하지 않다. 이 바구니를 달고 싶으니까 다는 것이다. 지금은 별로 쓸 일이 없는 앞 바구니도 언젠가 또 잊을 만한 무렵에 어떤 일에 쓸모가 있을 것이다.

수리가 끝나고 앞 바구니가 설치된 커브를 다시 봤을 때 코구마는 그것이 애착임을 깨달았다.

(33) 차고 라이프　고등학교 3학년 3월

고등학교 졸업식이 며칠 뒤로 다가온 코구마와 레이코는 시이네 집에 모였다.

늘 그랬듯 가게 앞이 아니라 뒤쪽에 있는 차고에 커브를 세웠다. 평소에는 시이 부모님이 각자의 차를 세워두는 콘크리트 구조로 된 셔터가 달린 차고 안에서 디렉터 체어에 앉은 시이가 다리를 흔들흔들하고 있었다.

대형차 세 대가 들어가는 크기의 차고 벽에는 공구가 얼추 갖춰져 있었다. 거기에 오래 된 외제차 등 취미성이 높은 차를 소유한 주인의 차고에는 대체로 갖춰져 있는 커피 테이블과 의자 세트도 있다.

평소 여기에 세우는 시이 아버지의 로버 미니와 시이 어머니의 쉐보레 C-10 트럭은 차고 옆에 있는 부지에 나란히 세워져 있다.

이미 리틀 커브가 세워져 있는 차고에 자신의 커브를 타고 들어온 코구마는 마치 옛날 자동차 잡지 화보 같은 풍경에 무심코 웃음이 새어 나왔다. 코구마가 이제 곧 이사 할 예정인 도쿄의 목조 단층집에도 ISO 컨테이너 차고가 있다.

시이의 부모님처럼 공구와 취미 컬렉션이 전시된 차고 안에서 애차를 보며 차를 마시는 사람의 마음을 조금은 이해했다. 코구마도 이사한 집 차고에는 지금까지 사서 모은 공구와 부품뿐 아니라

테이블과 의자를 놓을까 하고 생각했다.

코구마와 레이코가 올 때까지 그런 시간을 보냈던 건지 아니면 단순히 스마트폰이라도 보고 있었던 건지 시이는 코구마와 레이코를 자리에 앉히려고 했지만, 코구마는 레이코와 함께 둘이서 시이를 사이에 두고 그대로 그녀의 양쪽 겨드랑이를 잡고 의자에서 들어올렸다.

카페 공간에서 차를 마시고 충실한 차고 라이프를 누려도 즐겁겠지만 지금은 먼저 해야 할 일이 있다. 그래서 코구마는 보충수업으로, 레이코는 통나무집 이사 작업으로 바쁜 가운데 시간을 쪼개 찾아왔다.

들어 올려져 늘어진 다리를 파닥파닥 하던 시이를 리틀 커브에 앉힌 코구마는 자신의 커브 리어박스에 손을 넣으며 말했다.

"시작하자."

레이코도 헌터 커브 앞쪽에 단 가죽 케이스를 열었다. 두 사람은 오래 사용해서 손에 익은 자신의 공구를 꺼냈다.

이제부터 세 사람은 졸업식이 끝난 뒤 예정된 투어링에 대비해 커브를 정비할 예정이다.

집에서 청색 일체형 작업복을 입고 온 코구마와 블루그레이 일체형 작업복을 입은 레이코는 곧바로 자신의 커브 옆에 놓인 의자에 앉아 하체 점검을 시작했다.

시이는 크롬 도금 바구니를 들고 벽에 걸린 공구를 훑어보다 슈퍼에서 먹고 싶은 과자를 손에 잡히는 대로 집는 아이처럼 몸을 뻗어 벽에 설치된 고리에서 빼낸 공구를 바구니에 던져 넣었다.

정비 내용은 평소 하는 일상 정비의 연장이었다. 타이어, 브레이크, 와이어, 오일, 전장 이변을 체크하고 각 부위의 나사가 제대로 조여져 있는지 확인하고 카뷰레터와 에어클리너를 청소한다. 당연히 그런 작업을 하는 차량용 공구에도 이상이 없는지 확인한다.

바이크 정비 경력이 긴 레이코는 각 부위의 정비를 신속하게 진행했다. 코구마도 레이코 정도는 아니지만 빠르게 작업할 수 있게 되었다.

시이는 공구를 갖춰오긴 했지만 무엇을 어떻게 하면 좋을지 모르는 모습이었다. 코구마가 손을 잡고 알려줄 필요는 없다고 생각하며 곁눈으로 지켜보니 시이도 코구마와 레이코가 하는 것을 보고 있었는지 흉내 내듯이 작업을 시작했다.

작업 중에 다치지 않도록 조심하라고 조언하는 게 좋겠다고 생각했지만 손에 남은 공구 상처를 본 코구마는 아무 말도 하지 않았다. 그것은 스스로 통증과 함께 배워야 한다. 아직 실수가 많고 위태위태한 시이의 작업은 나중에 보충해주는 게 낫다.

일찌감치 정비를 끝내고 핸드 클리너로 손을 씻은 레이코가 벽에 공구와 함께 진열된 헤인즈사에서 구식 미니를 위해 지금도 출판하는 정비 해설서를 넘겨보고 있었다. 영어는 제대로 읽지도 못할 텐데 글자와 숫자를 따라가며 끄덕였다. 주로 자동차와 정비 용어가 사용된 해설서 내용은 레이코에게는 일본어나 영국 영어보다 훨씬 이해가 잘 되는 말인 듯했다.

레이코에 이어 자신의 작업을 마친 코구마가 아직 첫 번째 볼트가 돌아가지 않아서 악전고투하는 시이를 도와주었다. 자신의 완력으로는 풀지 못하는 나사도 머리를 쓰면 돌리는 방법이 있다고 알려줬더니 시이가 나사에 염력 같은 것을 보내려고 해서 재빨리 발로 렌치를 밟아 푸는 방법을 알려주었다. 이대로 시이가 나사를 돌리는 방법을 직접 알아낼 때까지 기다렸다가는 오늘 중에 작업이 끝나지 않는다. 수학 공부도 설문을 풀어 기억하는 것보다 먼저 답과 풀이법을 보는 게 효율적일 때가 있다.

결국 리틀 커브를 정비하는 작업 대부분을 코구마가 하고 말았다. 아직 커브 정비에서는 경험과 기량이 부족한 시이도 어쩌면 그보다 중요하고 유용한, 사람을 움직이는 스킬에 관해서는 코구마보다 능숙한지도 모른다.

슈퍼커브와는 조금 다른 리틀 커브 유지 보수도 그다지 막히지 않고 끝날 것 같았다. 시이는 작업 내용보다 코구마의 표정에서 이제 곧 정비가 완료되는 기척을 느끼고 직화로 에스프레소를 뽑는 마키네타로 커피를 내렸다. 레이코는 영어로 적힌 해설서에 질렸는지 장식된 슬롯카를 보고 있었다.

따뜻한 색감의 작업등으로 밝힌 쇠와 오일과 커피 냄새로 가득 찬 차고 안에서 보내는 3인 3색의 행복한 시간.

세 사람에게는 이제 곧 끝날 시간이다.

(에필로그) 흔적/후반 대학교 1학년 4월

겨울보다 많이 길어진 해가 저물고 있음을 깨달았다.

앞으로 도쿄에서 혼자 살아가야 하는 생활이 불안해졌는지, 아니면 앞으로 곧 시작해야 하는 방 청소와 저녁 준비가 귀찮아졌는지 코구마는 커브를 만지며 꽤나 오랫동안 생각에 잠겨 있었다.

커브 차체에는 흠집이 나 있었다. 프런트포크에 남은 가느다란 선 같은 흠집은 레이코와 후지산에 올랐을 때 생겼다. 레그실드 끝에 있는 금은 시이를 돕기 위해 얼어붙은 언덕길을 올라갔을 때 생겼다. 크랭크케이스의 쓸린 자국은 얼마 전 택시와 충돌해서 다리가 부러졌을 때 생겼다. 스텝 끝의 갈린 흠집은 어디서 생겼는지 기억나지 않는다.

얼마 동안 차체의 흠집을 살펴보던 코구마는 자리에서 일어나 바깥의 컨테이너 창고로 들어갔다. 코구마가 시노 할아버지의 트럭을 빌려 이사 작업을 했을 때 맨 먼저 옮긴 커브 정비용 공구와 예비 부품을 가지고 컨테이너에서 나왔다.

해가 저물어 주변이 점점 어두워지는 가운데, 코구마는 다다미 방의 바닥 높이에서 난 창을 통해 새어 나오는 불빛에 의지해 커브를 닦았다. 콤파운드를 사용해 지금까지 생긴 흠집을 지우고 조금 더 상태가 나빠지면 바꾸려고 했던 부품도 교환했다.

코구마는 작업을 마치고 구석구석까지 닦은 커브를 바라보았다. 아주 깊은 흠집은 없었기 때문인지 커브는 상처 하나 없는 모습으로 돌아왔다.

흠집과 함께 떠오르는 일도 있다. 그렇기 때문에 코구마는 이 커브에 새로운 흠집을 내기 위해 오래된 흠집을 지웠다.

필요 없어졌기 때문이 아니다. 이미 가슴속에 소중하게 자리 잡았기 때문이다.

다시 이 커브에 흠집을 내는 일이 생길 것이다. 커브도 자신도, 살아 있는 한 아무런 상처 없이 살 수는 없다.

코구마는 앞으로도 슈퍼커브를 탈 것이다.

후기

이 작품을 구입해주셔서 대단히 감사합니다.

이번 이야기는 리저브라고 합니다.

호텔과 레스토랑 예약을 뜻하는 말로 위스키 상표이기도 하지만 바이크에서, 특히 전자제어화 되기 전의 바이크를 타는 사람에게 리저브란 예비 휘발유를 의미하기도 합니다.

탱크 휘발유를 다 쓴 상황에서 연료 코크를 리저브 위치로 돌리면 예비 휘발유가 엔진에 공급되어 조금 더 달릴 수 있는 기능입니다.

별개의 탱크가 있는 게 아니라 연료 코크의 높은 위치에 있는 흡입구를 낮은 위치로 전환해 탱크 바닥의 휘발유를 퍼 올리는 구조인데, 이번에 선보이는 단편집 제목과 잘 어울린다고 생각해서 채택했습니다.

저도 종종 사용하는 리저브 휘발유는 남는 것도 재고품도 아니라 같은 탱크 안에 존재하지만 한밤중에 산속에서 휘발유가 떨어졌을 때 같은 경우에 바이크를 탄 사람이 살아서 돌아올 수 있게 해주는 구원의 휘발유입니다.

본편에서는 쓰지 못한, 대부분은 쓴 다음에 떠오른 몇 가지 이야기도 고등학생으로서의 시간을 마치는 세 사람을 퍼 올려주고 구해주는 이야기가 되면 좋겠습니다.

마지막으로 작품 출판에 협력해주신 스니커 문고 편집부의 K

씨, 언제나 삽화와 권두 일러스트로 제가 희망하는 상황과 도구, 그리고 캐릭터에 심혈을 기울여서 생명을 불어넣어주시는 히로 씨. 정확한 묘사를 위해 몇 번이나 취재와 재현 작업을 해주시는 코미컬라이즈 담당 카니탄 씨, 종종 저는 신경 쓰지 못하는 부분을 바이크 전문가 관점에서 감수를 해주시는 혼다기연공업 여러분께 진심으로 감사의 말씀을 드립니다.

오래된 바이크를 타시는 분들은 리저브까지 사용하든 사용하지 않든 주유할 때는 연료 코크 확인을 잊지 마세요.

기름이 떨어지면 리저브를 사용하면 된다고 생각하며 코크로 손을 뻗었을 때 이미 리저브 상태면 울게 됩니다. 울었습니다.

토네 코켄

NEXT

슈퍼커브 reserve

2025년 10월 25일 제1판 제1쇄 인쇄
2025년 10월 30일 제1판 제1쇄 발행

지음 | **토네 코켄**
일러스트 | **히로**
옮김 | **이엽**

발행인 | 오태엽
편집팀장 | 이수춘
편집담당 | 이예솔
표지 디자인 | Design Plus
라이츠사업팀 | 이은선, 박경진, 정선주, 신주은, 신윤미
전략마케팅팀 | 김정훈, 이강희, 정누리, 김재철
제작담당 | 박석주

발행처 | (주)서울미디어코믹스
등록일 | 2018년 3월 12일
등록번호 | 제 2018-000021
주소 | 서울특별시 용산구 만리재로 192

인쇄처 | 한산프린팅

●잘못된 책은 구입하신 곳에서 교환해 드립니다.

SUPER CUB reserve